遊歩新夢

星になりたかった君と

実業之日本社

実業之日本社文庫

――君が星になってから、どれくらいたっただろうか――

夜空に瞬く星を見ると、思い出す。

それは夏の記憶。

青い空と白い雲と、夜空に天の川が横たわる季節の中で、確かにあった青春の記憶だ。

少女は言った。

「あたしね、星になりたいんだ！」

星になりたかった君は、確かに星になった。

そして、今もこの夜空のどこかにいる。

君が望んだように、ずっと、みんなを見守っている。

これは、星になりたかった君と、君を星にした青年の、ある夏の物語――

目次

第一章　星が出合ったとき

七夕には星が出合う。こと座の織姫星（おりひめぼし）と、わし座の彦星（ひこぼし）。有名な七夕の伝説だ。

毎年七月七日ごろ、全国で星祭りが開かれている。

今日、七月五日の土曜日も、そんな星祭りのひとつだ。

鷲上秀星（わしがみしゅうせい）は、祭りの目玉でもある天体観望会の案内役として、公民館の屋上で望遠鏡の天体導入とその解説の役を担っていた。

本当はあまり気乗りしなかったのだが、亡き祖父の声で始まった星祭りと聞いては、放っておくこともできなかった、というのが正直なところだ。

「ねえ、おにーさん、まだ見ていい？」

そんな時に声をかけてきた少女がいた。

「あ、ああ、いいけど」

花火大会の時間が迫っていたので、屋上にはもう他に誰もいなかった。秀星は、少女に付きっきりで星空ガイドをする。

「ねえ、新星って見えるかな？　おにーさん」

「新星？　いや、さすがにそれは今日は無理かな」

突拍子もなく出た『新星』という単語に、秀星は驚いた。星好きの少女なのだろうか、と。

「そっか。どっかで見らんないかなー」

場所を変えれば見られるというものでもないんだが、と秀星は思ったが、そろそろ屋上を片付ける時間でもあって、特に突っ込みはしない。

「あ」

少女が小さく声をあげた。

パン、と、夜空に花が咲き、パラパラパラ、という音と共に散っていく。

花火大会の始まりだ。

秀星はその灯り（あか）に照らされた少女を見た。

中学生くらいの、人懐っこそうな少女だ。肩口くらいの髪の裾が、くるっと外向きに跳ねているのが印象的だ。好奇心旺盛な猫のような瞳をしている。タンクトップに短パンという、ラフないでたちだが、夏だというのに肌は真っ白で、まるで真夏の雪女かと思うほどだ。

花火は次から次へと打ち上げられる。こうなってはもう観望会も強制終了となる。

少女は、秀星の方を笑顔で仰ぎ見た。

「そろそろ行かなきゃ。ありがとね、おにーさん！」

スマホを出して時間を確認すると、少女は駆けだした。

「あ、えっと……」

つい呼び止めよう、と思ってしまった。秀星の声が聞こえたのどうかはわからないが、少女は足を止めて、くるり、と振り返った。

「あたしね、星になりたいんだ！」

それだけ言って、ぶんぶんと手を振ってから、少女はまた駆けて行った。

星祭りの夜は、秀星にとって、生涯忘れられない夏の始まりとなる。

七月七日、月曜日の夕方。

「一年ぶり、だな」

大学の前期の講義もほぼ終わり、今は長い夏休みに入る手前だ。

星祭りの後、何かに突き動かされるように、鷲上秀星は、久しぶりに天文台を訪れていた。

　小高い丘の上に建つ直径五メートルのドームは、なかなかに圧巻だが、知る人ぞ知る存在にすぎない。

「去年は、楽しかった」

　ここには人が集まり、夢を追う場所、だった。

　祖父、鷲上太陽が生涯の夢をかけて建てた。秀星はその夢を一緒に追いかけていた。

　それが、去年断ち切られたのだ。

　祖父の急逝と、その仲間の裏切りによって。

　この一年、メンテナンスもされずに放置されていた天文台は、生気が抜けているように見えた。廃墟というわけではないが、どこか暗い影が落ちている。

　人が関わらなくなった建造物は、急速に朽ち果てていくという。まるで命を持つかのように、世を儚むかのように消えていく。

「そうは、させたくないよな。じいちゃん、ごめん」

　最期のときに言葉を交わすこともなく、あっという間の別れになってしまった。

秀星には祖父からの遺言があった。この天文台の全権利を孫の秀星に譲る、と。未成年の秀星はまだ所有権を手にしてはいないが、ここは祖母が管理をしてくれていて、ライフラインは止まらずに生きていた。

祖父は想いを自分に託してくれた。新天体を発見する、という夢半ばに倒れた祖父に、秀星がやれること。

すべての答えはこの天文台と共にある。

そう思い立って、今日はこの地にやってきた。

万感の思いを込め、ドアにカギを差し込んだ、そのとき。

「あ！　人がいる！　うっそ！」

突然背後から声が聞こえた。

「え？」

振り返ると、そこには自転車にまたがった少女がいた。

「ねえ、おにーさん、ここの人なの？　……あれ？」

突然現れた少女は、物怖（ものお）じせずに声をかけてくる。

どこかで見たことがある、と思った。

少女は自転車から下りて、手で押しながら秀星に近づいてくる。

「あ、君は……！」

「あ、星祭りのおにーさん？」

一昨日、出会った少女だった。

「な、なんでここに？」

「あたしね、星になりたいんだ！」

別れ際に言ったあの言葉。秀星の印象に強く残っている。

「ずっと、探してるんだ。あたしを、星にしてくれる人。ここなら、いるかと思って時々来てたの。でも、誰もいなくって。もしかして、おにーさんがその人なのかな」

変なことを言う子だな、と秀星は思った。同時に、興味を引かれた。

「あたし、琴坂那沙（ことさかなさ）！　ナサだよ！　アメリカ航空宇宙局！　おにーさんは？」

「あ、ああ、鷲上秀星、だ」

「秀星くん、だね！　よろしくね！」

夏の夜空にひときわ輝くこと座のベガ、織姫星のように明るい笑顔で、那沙は手を差し出した。秀星は、ちょっとドキドキしながら、その手を取って握手を交わした。

七夕の日、二つの星が出合った。

これは、その夏の記憶の、始まりだった。


「うわあ、おっきな望遠鏡だねえ」

外で立ち話というのも何なので、秀星は那沙を中へ迎え入れた。

この天文台は施設としては結構大きく、ドームの真下には３ＬＤＫほどの住居部分があり、キッチン、寝室、リビングやバストイレなど、普通の家と同じくらいの設備がある。

那沙がドームの中を見たがっていたので、まずは観測室に案内する。

「ねえ、これで星見れるの？」

「ああ見れるよ。今日はこいつの調整に来たんだ」

「へえ。でもさ、ずーっと誰もいなかったよね。ここ、秀星くんの天文台なの？」

今日出会ったばかりの秀星のことを、那沙は『秀星くん』と呼ぶ。その距離感に戸惑いはしたが、秀星は特に何も言わなかった。ただ、少々気恥ずかしさはある。

「ここは、俺のじいちゃんが建てた天文台さ。ここで、新天体発見のための捜索活動をしてた。去年まではね」

「去年まで？　今はしてないの？」

「ああ」

秀星は短く答える。初対面の少女に、自分の暗い過去を語る気はなかった。

「ねえ、じゃあ、新星って知ってるよね？」

「新星？」

秀星は那沙が観望会の時にも新星が見たい、と言っていたのを思い出す。

天体観測をし、特に新天体捜索をメインでやっていた秀星にとって、その単語はよく知っているものだ。ただ、こんな少女が知っている、というのはかなり興味を引く。

「もちろん知ってるけど、それが？」

「ねえ、この望遠鏡で新星、見れるかな」

「え、いや、新星、か……確か今は新星出てないから……見れないかな」

「そうなの？」

新星という言葉は知っているが、新星がどういうものかはよくわかっていないようだ。

新星という現象は、宇宙のどこかで毎日のように起こっていても、その全てが観測できるわけではない。そして現象自体が起こっていなければ、世界中のどの空からも見えない。

「それより、日が暮れちまうぞ。自転車で来てるなら、もう帰った方がいいんじゃないか？　中学生が夜遊びしてちゃダメだろ」

「高校生だよ！　十五歳！　しっつれいしちゃうなあ」

「大して変わらねえだろ」

「変わるの！　中学生と高校生だと全然違うよ！」

第一印象は完全に中学生に見えた。女子高生の平均身長がどれくらいかは知らないが、秀星がイメージする高校生に比べると、やはり少し小さいように思えた。

「でさ、この望遠鏡でいろいろ星見れるの？」

そんな秀星の思考などお構いなしに、膨れたり笑ったり、ころころと表情が変わる。

祖父太陽が亡くなってから人との交流を避けてきた秀星にとっても、那沙の屈託のなさは好感を覚えるものではあった。

「あー、見れるんだけど、ずっとほったらかしだったんで、ちょっと調整はいるかな」

「へー。面白そう。今夜するの？」

「まあ、そうだね。今夜」

秀星が応じると、那沙の顔がパッと輝いた。好奇心の塊のような瞳を向けてくる。

「じゃあ、あたしもいる！　何するか見てみたい」

「いやいや、そりゃマズいだろ！　それに平日だろ。学校はどうすんだよ」

いくらなんでも夜に女子高生をこんな山奥に置いておくわけにはいかない。おまけにお互いの素性も知らない仲とくれば、下手をすれば事案になる。

「大丈夫だよ。学校はもう休みだし、ちゃんと親にも言っとくから」

「もう休みって、早いな。そう言って遊び歩く子供はいるからな。信用できねえな」

「中学生は子供だけど、高校生は子供じゃないぞ！」

「どっちも子供だよ！」

「十六歳になったら結婚だってできるから、子供じゃないもん！」

「変なこと知ってんな。でも、君はまだ十五歳って言ってなかったか？　なら、子供だ」

「そもそも子供と大人の基準ってなんなのかな。残りの寿命が少ないから大人？　多いから子供？　若ければ子供で年取ったら大人、なの？」

屁理屈（へりくつ）をこねているようだが、那沙の表情は真剣だ。少なくとも秀星にはそう見えた。

「一応二十歳から大人ってことになるんじゃないか？」

「人生八十年として、四分の一。それなら、あたしももう大人なんだけどなあ」

「そりゃ、あとたった数年だけどさ」

「あ、いや、そういうんじゃなくて……んー、ま、いいか」

那沙の表情は、少し遠い場所を見るようなものになっていた。しかし、すぐにそれも影を潜め、明るいものに変わる。秀星は引き込まれそうになった。

（なんだ……？　なんだこの娘（こ）……）

最初に会ったときから妙に人懐っこく、基本的には人嫌いの自分が特に構えずに会話が続く。それだけでも不思議なやつだな、と秀星は思う。

「ほらほら、電話するし」

いつの間にか無邪気な笑顔で、那沙はスマホを取り出して電話をかけ始める。

「あ、おい」と、秀星が止める暇もなかった。

「あ、お母さん？　今日ね、星見るから！　帰りは朝かも！　え？　大丈夫だよ。ほら、いつもあたしが行くあの天文台！　今日、人がいたんだよ。でね、星見せてくれるって」

そんなこと言ってないぞ、と秀星は突っ込みたい衝動にかられながら、テンション高めに母親と話す那沙を眺めていた。すると、那沙はスマホを秀星に渡してきた。

「お母さん、お話ししたいって」

「え！　いやちょ……！」

十五歳の娘を見知らぬ男にいきなりひと晩預けるなど、普通の親なら絶対に許さない。

これは、非常識だと叱責を受けるだろうと思ったが、拒否する間もなくスマホを手に押し付けられたので、やむを得ず通話に出る。

「あ、あの、もしもし……」

だが、その先の言葉が出てこない。どう言い訳しても事案だ。

ところが、耳に聞こえてきた言葉は、秀星の予想を大きく斜め上に裏切った。

『ああ、突然申し訳ありません。那沙の母です。なんだか娘がわがまま言ってるようなんですが、よろしいんでしょうか？』

てっきり非難の言葉から入ると思っていたが……。

「え？　ああ、その、僕はいいんですけど、その、いいんですか？」

つい、那沙の希望に沿うような答えを言ってしまったが、やはりそりゃマズいだろ、という思いがこみ上げてくる。普通の親なら絶対だめだろう。

『その、えっと、すみません、お名前聞いてませんですね。わたくし琴坂那沙の母で、雫（しずく）と申します』

「あ、はい、鷲上秀星と申します！」

『鷲上さん、ですね。那沙をひと晩お願いします、星を見たいようなので、見せてやっていただけませんか』

「は、はあ。まあ、親御さんがよろしいのであれば」

よろしくお願いします、と言って通話は切れた。

秀星はスマホを持ったまま、しばらく呆然（ぼうぜん）とする。

「ね？　大丈夫でしょ？」

「大丈夫だったな」

正直、ほっとした。ずいぶんと物分かりのいい放任主義の親だな、と訝（いぶか）しみはするものの、那沙の様子からして親子仲が悪いようにも見えない。

それに、この少女に惹(ひ)かれるものがあることを、秀星は既に自覚していた。

やましい下心などはなく、ただ純粋に那沙と星を眺めることに心が躍った。

それはまるで、祖父と毎日星を探していたあの日々に戻ったかのような感覚だ。

「じいちゃん……やっぱ帰って来たんかな。今日、俺をここに引っ張ってきたんじゃねえのか」

祖父太陽と那沙では、そもそも年齢も容姿も性別も違う。だが、何か同じような魂の色を感じる。それは、秀星の魂の色とよく馴染(なじ)むようにさえ思えた。

「ん？　なに？」

そのつぶやきに反応した那沙に、秀星は小さく手をあげて話題を変えた。

「いや、なんでもない。さあ、片付けも手伝ってもらうぞ。日没までまだまだ時間がある」

「うぇー……せめてクーラーつけようよお」

「わかったわかった」

換気ももういいだろう。なんせ、飛び切り活(い)きのいい少女が舞い込んできたんだから。

「いやいや、助かったよ。綺麗に片付いた」

「それじゃあ、バイト代もらわなきゃ」

ちゃっかりと手の平を出す那沙。その上に冷たい麦茶の入ったコップを置きながら「星見で返すから」と、秀星はあしらう。

「仕方ない、それで許しましょう」

コップを受け取った那沙は、美味しそうに麦茶を飲みほした。

「うん、夏の労働の後の冷たい麦茶は、生きてるって気がしていいね！」

「どこのおっさんだよ」

「せめて性別くらいは合わせてくんないかな？」

「……おばはん？」

そんな軽口をたたき合う。距離の近さは、主に那沙の性格というか、態度のせいだろう。秀星からこの距離感を作ることはできない。だが、不思議と不快ではなかった。

夏の日没は遅い。星が見えるまでには少し間がある。

秀星にとって那沙はまだ出会ったばかりの存在だ。その為人を知るわけではないが、時折見せる遠い表情や空気が気になる。

そういえば、那沙は気になることを口にしていた。

「なあ、星になりたい、って言ったか？」

「ん？　あはは、覚えてたんだ。天文台に人がいて嬉しくて、つい言っちゃったよ」


――あたしね、星になりたいんだ！


星祭りの終わりと、さっきの再会で二度聞いた。この言葉は、強く印象に残っていた。

星になる。

スターダムを駆け上がる、という意味もあるが、どちらかというと、『お星さまになる』といえば、命の終焉を思わせる。

「ねえ、新星って、星の最期なんだよね？」

秀星の質問に答えるわけでもなく、那沙はまた『新星』という言葉を振ってきた。

はぐらかされた気もしたが、秀星は答える。

「星の最期は、超新星のことだな。新星は、ちょっとメカニズムが違って、星の表面の急激な爆発現象なんだよ」

「へえ、そうなんだ」

簡単に説明してやると、那沙は興味深そうに聞き入っていた。

「ねえ、この町の誰かが去年見つけたってニュースなかったっけ？　その時、星の最期の爆発とか何とか言ってたんだけど。じゃあ、それ、超新星だったのかな？」

その言葉に、胃の腑がずくん、と疼いた。

ここでその話題が出るのか、と、身体が震えるのを自覚した。

「ど、どしたの秀星くん？」

「あ、いや、なんでもない」

那沙に余計なことを悟られたくはなかった。そして、真実を話す気にもなれない。それは今のところ、所詮負け犬の遠吠えとしか映らないことだから。

「そ、そうだな、それは超新星のことだよ」

「そっか、じゃああたし、勘違いしてたんだ……でも」

那沙は自分の勘違いを素直に受け入れた上で、また声を弾ませる。

「そっか、超新星が星の最期なんだ……最期に、目いっぱい光り輝くんだ」

「まあ、ドラマチックな最期だな、とは思うよ。ほら、オリオン座って知ってるかい？」

「うん、知ってる！」

冬の代表的な星座で、星をよく知らない人でも、名前くらいは聞いたことがあるはずだ。

「あの星座の右肩にあたる部分にある赤い星、ベテルギウスっていうんだけど、あれはもう、いつ超新星爆発してもおかしくないって言われてる」

「そうなんだ！」

「ま、もし、今この瞬間爆発したとしても、その光が地球に届くのは七〇〇年後くらいだけどね」

「え、そんなにかかるんだ」

「宇宙の距離は光年、つまり光の速さで何年かかるかで表されるから。ベテルギウスから地球までそれくらいかかるってこと。といっても、星までの距離も精度的にはまだ誤差があるから確実な距離は実はわからないもんでね」

「ふーん……なんか、宇宙ってすごいんだね」

「だから面白いんだよ」

宇宙という空間は、常に人智を超えている。新しい発見が見つかるたびに、新しい理論も生まれていく。人類が宇宙に関して知りえていることなど、ほんの一握りに過ぎない。

だからこそ、天文家は未知の世界にロマンを抱く。秀星とて、それに魅せられたひとりに違いない。

「そっかあ、超新星かあ……ちょっと素敵だなあ。そうやって、『自分はここにいたよ！』って、輝けるんだ」

机に肘をつき、手の平に顎を乗せた格好で、那沙は見えない空を仰いでいる。

「ねえ、超新星見たい。見つけて！」

「いや、そう簡単に言われてもな……」

確かに、世界には数多くの新天体ハンターがいる。中にはひとりで何度も発見を繰り返す猛者（もさ）もいるが、多くの人にとっては、その機会は生涯で一度も訪れない。

秀星にとって、その機会が二度訪れる、というのは簡単なことには思えない。だからこその、この一年の体（てい）たらくでもあったといえる。

「見つけるっていっても、大変なんだ。君は何も知らないから」

「あ、その、君っていう呼び方好きじゃない」

那沙が突然、そんなことを言う。

「あたしには那沙って名前があるんだから、君、じゃ誰かわかんないよ。ちゃんと名前、教えたでしょ？」

「じゃ、じゃあ、どう呼べってんだよ」

そもそも女子と多く話すことなどほとんどない秀星である。

「『君』じゃなくって、『那沙』って呼ぶこと！　あたしも秀星くんって呼んでるじゃん。名前、大事だよ。ここにいる証（あかし）」

「ここにいる証？」

「そうだよ。名前で呼んでくれないと、あたしがここにいたって証にならないの。ここにいるのは『君』っていう女の子じゃないよ。あたしは、琴坂那沙、なんだ」

那沙の言っている意味は理解できなくはない。そう、名前は大事だ。

祖父は自分から見ると『じいちゃん』だったしそう呼んだ。太陽じいちゃんは、妻である祖母からも、近所の人からも『おじいちゃん』と呼ばれていた。年を取ればそんなものかもしれない。だけど、天文仲間は彼のことを『太陽さん』とか、『鷲上さん』とか、そんな感じで呼んでいて、太陽は嬉しそうにしていた。

そうだ、名前は大事だ。名前はその人がそこにいた、という証だ。

自分より年下の那沙にそれを思い知らされた。

だが、気恥ずかしさもある。女の子を下の名前で呼んだことなどない。

「じゃあ、那沙、ちゃん」

「ちゃん付け？　子供扱いだなあ」

「恋人でもなきゃ呼び捨てはきついよ。これで精いっぱいだ」

「そんなこと言うけど、恋人いたことないでしょ？」

「な……！」

ズバリそうなのだが、女の子に面と向かって指摘されると、それはそれで結構ショックだ。別に彼女がいなければ、人間の価値が否定されるというものでもないが、実際、彼女がいた時期など一秒たりともなかった。

「な、な、じゃあ自分はどうなんだよ！」

「えー？　女の子にそれ聞く？」

「う……」

秀星は口ごもった。セクハラと言われかねない質問だったかもしれない、

「あははは！　秀星くん真面目だ！　あたしも彼氏いない歴十五年だから、お仲間だよ！」

いいようにあしらわれている気もするが、少しほっとしたりもする。さすがに、年下の少女に恋愛経験で負けているとなると凹む。とはいえ、世間の高校生どころか、中学生でも恋人がいるという話も聞くので、秀星としては彼らのコミュニケーション能力に感嘆するしかない。

「ところで、なんで新星とか超新星とか、そんなに見たいわけ？」

最初那沙が見たがったのは新星だったが、それは過去のニュースで知った超新星と混同していたようだ。そこが解決したところで、今度は超新星を見たい、と言い出す。

どうしてこの少女は、それにこだわるんだろう。

「あたしね、星になりたいんだ！」

那沙は、またその言葉を繰り返した。

「星になりたいって……なんでさ」

やっと、最初の質問に戻った。秀星としてはとても気になる言葉であり、初対面の那沙をここに招き入れた理由といってもよかった。

那沙はそんな秀星の心など知る由もなく、人差し指をこめかみ辺りにあてて続ける。

「んーと、ほら、星空ってずっと変わらないじゃん？　でも、そこにいきなり光って現れたら、きっとみんなに覚えておいてもらえると思うんだ。だから、新星とか、なりたいよねって思ったの」

那沙は瞳を輝かせて語る。その輝きは秀星がよく知るものだった。祖父太陽も、そしてきっと自分も、いつもそんな目をして宇宙について語り合っていた。

「そういうもんじゃないの？」

「まあ、たしかに、そうかも」

新天体は発見順に番号が振られ、天文学史にも記録として残る。

特に明るく光った新星、超新星、彗星(すいせい)などは、一般でも話題になることがあるし、歴史的な書物に残ることすらある。

誰もが見上げることのできる空だからこそ、印象的な出来事は多くの人の記憶に残るのだろう。

「でね、あたしも新星とか超新星みたいに、誰かの記憶に残るように生きたいなって思ったりして。特に、さっきの話聞いたら超新星はなんか惹かれる。最期の最期の輝きとか、ちょっとロマンチックだよね。だから、見たい」

「なるほどねえ」

十五歳にしては達観している気もしなくはないが、確かに超新星爆発の華々しい最期はある種のロマンだ。目いっぱい光り輝き、それまで誰も気づかなかった星としての存在を誇示して終わる。そして、その光が幾千万年という時間をかけて、この地球に届く。

まるで、地味に生きた人間が最後にひと花咲かせるかのようなロマンチシズムを感じる。

とはいえ、彼女はまだまだ瑞々(みずみず)しい十五歳だ。秀星の中では、変わった娘だな、という印象がさらに強くなった。

「ま、超新星自体は今出てないから見れないけど、超新星残骸なら夏の天の川にもあるんだぜ？」

「え？　ほんと？　見れる？」

「あー……肉眼じゃ厳しいかなあ」

「見えないのにあるってわかるの？」

なるほど、那沙は本当に天文に関する知識はないのだろう。ただ、見たい、という興味だけがあるんだな、と秀星は理解する。

「うーん、天体写真、見たことあるよな？」

「あるよ！　好きな写真もある」

ひと昔前と違って、インターネットでも、ハッブル宇宙望遠鏡の素晴らしい写真などを見ることができる。那沙もそういったものをよく見ているのかもしれない、と秀星はうなずく。

「あれは、特殊な撮影法で光をためて撮るんだ。人間の目は光をためることができないけど、カメラにはできる。だから、見えない暗い天体も写し撮ることができるってわけ」

「ふーん……よくわかんない」

「だろうなあ」

カメラに詳しくなければなかなか理解してもらえない。星空を撮るのにフラッシュをたく人がいたりもするので、正しい知識は一般には普及していない。

「見えるかどうかわからんけど、試してみるか？」

「わ、いいの？　お願いする！」

多くの天文家は、遠くに想いを馳せる。だが、那沙のそれは、なんだかもっと遠い世界を見ている気がする。

気のせいかもしれない。しかし、秀星はずっと気になって仕方がなかった。

「わあ」

ドームのスリットはずっと開きっぱなしだが、外から差し込んでいた日差しはなくなっていた。

見えるのは、地平の濃い赤から天頂に向かって流れる濃い蒼(あお)のグラデーションだ。薄明が空をデコレーションしていく景色は、天文家の心を奮い立たせる神秘性の高い光景だ。

那沙はそれに見入っていた。

「凄(すご)いね。吸い込まれそう。今から、夜なんだ」

「なんだよ、夕暮れ見たことないのかよ」

「そんなわけないじゃん。でも、天文台のドームの隙間から見るのは初めてだよ。なんでかな、この切り取られた空間から見える夕暮れの色って、凄いよ。ワクワクする」

少し頬を膨らませる表情も、そのあとすぐに憧憬の眼差(まなざ)しで空を眺める瞳も、生気にあふれている。けれども、那沙の横顔には、どこか遠くで揺蕩(たゆた)う蜃気楼(しんきろう)のような印象が付きまとい始めていた。

（まさか、夏だからって、新星見ることに未練を抱いた女の子の幽霊？　なわけねえよな）

そんな突飛な考えが脳裏に浮かんだのも一瞬だ。

久々に快晴の星空の下で触れる機材。祖父太陽の魂と、自分の夢が詰まった天文台の主砲を動かすとなれば、やはり心は躍る。

据え付け式の望遠鏡なので、セッティング自体はそう難しいものではない。操作を理解すればほとんどが電子制御で動くので、天体の導入も自動でやってくれる。

「おおー」

ヒィイイインと涼しげなモーターの駆動音がドーム内に反響する。那沙は秀星の設定作業を興味深げに見ていた。

「まず、今日の日付と時間を設定する。暫くほったらかしだったからな。それから、なにか星をひとつ選ぶ。なにがいい？」

「んーと、あの明るいやつ！」

那沙が東の空にひときわ明るく輝く星を指さした。

夏の風物詩、七夕の織姫星でもある、こと座のベガだ。まさにこれから夏の星座が昇ってくる。

端末でベガを入力すると、望遠鏡は自動でその方向へ向いていく。

「わっ、わっ、すごいなあ。おっきい望遠鏡がこんなに速く動くんだ」

「だろ。俺もこれ見るの好きだ」

やがて望遠鏡はゆっくりと動きを止める。電子撮影用に設定されているこの望遠鏡は、普通なら目で覗（のぞ）く部分にデジタル映像素子を備えた天体専用カメラが接続されていて、電子観望という手法で、天体の様子をモニターで映像として見ることができる。

「これ？　これが織姫星？」

「そうだよ。ちょっと視野の中心からずれてるから、これをセンターに補正して機械に覚えさせる。この操作をあとふたつくらいの星でやれば、とりあえずＯＫさ」

「へー。ただの星もこんな望遠鏡で見るとなんかすごいね」

ベガは恒星のひとつ。恒星とは、いわば遠くにある太陽と同じで、どんなに拡大しても基本は点像にしかならない。それでも、視野にひときわ明るく輝く姿は存在感があった。

秀星は手早く三つの星を導入して、精密設定（アライメント）と呼ばれる初期設定を完了させる。

「さあ、超新星の残骸、見えるかな」

「見えたらいいな！」

夏の夜空の超新星残骸。はくちょう座の網状(あみじょう)星雲として有名なそれは、紀元前三六〇〇年ごろに爆発した星の名残だと言われている。肉眼では淡くてほとんど見えないが、ものすごく暗い夜空の下であれば双眼鏡などを使えば眼視でも見える、と言われている。

「ＮＧＣ６９９０、でいいかな。どれ」

秀星が入力した天体番号に従って、望遠鏡ははくちょう座の天の川の方に向いていく。

「どのみちこの望遠鏡だと拡大率高すぎてわかんないかもな」

「えー、そうなの？」

望遠鏡が目標をとらえて停止する。モニターにその視野が映る。

「わー、なにこれ、モヤモヤしてる！」

「お、月があるわりには意外に見えるな」

今日はまだ月齢十一・七の月がある。星雲を見るのに適した空とはいえないが、電子観望では、人の目よりも若干多くの光を蓄えられるのと、感度を増幅したり余計な光をカットするフィルターを使ったりできるので、眼視観望よりはよく見える。

「実際に覗いたら見えない？」

「まあ、見えたとしても、ここまでは見えないよ」

「そっかあ」

カラフルな天体写真からは想像もできないことではあるが、実際に望遠鏡で見える天体のほとんどは、薄い緑のぼんやりした、何かよくわからないものだ。写真で見るような細かい構造は、かなり大きな望遠鏡でないと難しく、色まで、となるとなかなか見えない。

さらには、淡い天体の場合は見るのに少しコツもいる。おそらく、覗いてもあまり楽しいものではないよな、と秀星は思う。なので、観望会で見せるのはたいてい月か惑星になってしまう。

少し残念そうにしながらも、那沙はモニターの中で揺らめく網状星雲にくぎ付けになっている。これは大気の揺れによるものだけれど、まるで星雲自体が揺らめいているようにも見える。

「なんかよくわかんないけど、見てて飽きないなあ。ねえさっき、いま爆発したら見えるの七〇〇年後くらいとかいう話あったじゃん？　じゃあ、この星雲もそうなの？」

「そうだよ。誤差はあるけど大体一六〇〇光年くらい先だから、今見てるこの姿は一六〇〇年くらい前の姿、ってことになる」

「不思議だなあ。昔の姿なんだ」

天文学的には当たり前のこと、と言ってしまえばおしまいだが、観念的には不思議な感覚だろう。そして、宇宙に魅力を感じる天文家の多くは、こういった不思議さから興味をひかれるといってもいい。秀星自身だってそうだ。

日常の生活では測ることのできないスケールの大きさ、それが宇宙の魅力なのだ。

「超新星残骸って、写真で見るとよくわかるんだけどな。ほら」

「わあ」

秀星はネットから網状星雲の写真を検索して那沙に見せる。

広写野で撮られた写真を見れば、その星雲が、環状に広がっていたものがちぎれて切れたのだと理解できる。環の中心にはかつて星が存在し、爆発したんだな、という想像が容易に可能だ。

「すごいねこれ。ねえ、これ撮れる？　今撮れるの？」

「うーん、この通り、とはいかないけど、まあ何となくなら撮れるよ。でもこいつだとデカすぎるし、今日はまだ月が明るい。きちんと撮るならまた今度な」

「今度かあ。ま、いいか。約束は多い方がなんか頑張れるしね」

「なんじゃそりゃ」

「独り言だよ！」

そんなことを言いながら、その夜はたくさんの天体を眺めた。夏のお決まり干潟（ひがた）星雲や三裂（さんれつ）星雲、綺麗な二重星アルビレオ、こと座のドーナツ星雲やこぎつね座の亜鈴状（あれいじょう）星雲など、四十五センチの望遠鏡は、その威力を余すところなく発揮した。

「見えるんだね、いろいろ。ここからでも。知らなかった。あたしたちの頭の上にこんなに不思議な世界があるなんて」

那沙は夢見心地のような表情で、初めて見る天体を楽しんでいた。元より秀星も、誰かに喜んでもらうために星を見せるのは好きだ。

「ま、少しでも宇宙を感じてもらえたなら、俺としては嬉しいよ」

「感じた感じた！　すごいね宇宙っ……けほっ！　けほっ！」

興奮してテンションの上がっていた那沙が、突然咳（せ）き込み始める。

「けほっ！　あ、いけない、忘れてた……」

「おいおい大丈夫か？」

「あ、ごめんね。ちょっと、風邪気味で……薬飲んでくるから！」

那沙はけほけほ言いながら階下へと降りていき、ものの数分で戻ってきた。まだ少し咳が出ていたが、薬が効いたのかじきに収まったので、秀星もそれほど気にはしなかった。

たっぷり星を見た後、那沙は眠気に襲われて寝室で寝てしまった。

秀星はその後、本来やるはずだった機材の点検に追われ、気が付けば朝になっていた。

「次は、あの星雲撮りたいな。いつなら撮れる？」

朝食のとき、那沙は楽しそうに言った。こうなるともう連絡先を交換せざるを得なかったが、何となくまた会いたい、と秀星に思わせる少女でもあった。ＬＩＮＥのＩＤを交換する。

那沙はそれを確認して、ご満悦の顔で、乗ってきた電動自転車で帰って行った。

昨夜は七月七日。後から考えると、天の川を縁に、彦星と織姫が出合った日だったのかもしれない。

七月八日、火曜日。

『ねえ アレいつ撮るの？　早く撮ってくんないと　時間なくなるぞ』

昼頃、那沙から早速メッセージが入っていた。昨日の今日でもう催促されている。

「せっかちなやつだなあ。網状撮るなら、機材出さなきゃなあ。ま、確かに、のんびりしてると夏の撮影時期終わるな」

しかし、月はこれから満月へ向かっていく。明るすぎて星雲の撮影には適さない時期だ。光の波長を厳選して星雲だけを写すナローバンド、という手法もあるにはあるが、初心者の那沙にはあまり適さないだろう。次の新月は七月二十五日の金曜日になる。

『今の時期は月が大きいから　次の新月の二十五日か　早くても月の出が深夜になる十九日くらいまでは難しいぞ』

そう返信したら、すぐに既読がつく。ものの数秒で返事が来た。

『えー　そんなに先なの？　死んじゃう！』

などと物騒なメッセージの後に、かわいいスタンプもついてきた。

『じゃあ その日までにもうちょっと星の勉強したいから また遊びに行くね！』

どうやら那沙は星に魅了されたようだな、と秀星は少し嬉しく思う。

ただ、同時に彼女のお守りもしなくてはならないようだ。

『俺は基本毎日いるから　ひと言ＬＩＮＥ入れてからくればいいよ』

那沙からは『やったね！』と、スタンプが返ってきた。


七月十一日、金曜日。

今夜は満月だ。

空は晴れ渡っているが、マイナス十二等という、太陽を除けば全天一明るい天体が空全体を照らしているため、星はまばらにしか見えない。

「こうしてみると、月って明るいんだね。気にしたことなかったよ」

那沙は窓から月を見上げて、いつもより星の少ない空を感じていた。

「あれが、太陽と同じ大きさなの？」

「見かけの大きさがな」

那沙は物覚えがいい。秀星が語った星の話を、しっかり覚えていた。月の大きさのことは、この前、皆既日食の話をしたときに出たものだ。

太陽の前を月が遮り、美しい真珠色のコロナを肉眼で見ることができる幻想的な皆既日食は、数分間しか見ることができない。それも、地球上の限定された場所で、多くても年に二回程。長ければ数年待たなくてはいけない。

天文家たちは、晴れて見えるかどうかもわからない現象のために、せっせとその地へ足を運ぶのだ。

「日食見てみたいなあ。ちょっとだけ欠けるのは小学生のときに見たことあるけど」

那沙は、宇宙の不思議や天体現象の魅力にすっかりハマったようだった。

ここに来ていない間も、高校になってから買ってもらえたという自分専用のネット端末でいろいろ見ては、わからないことを秀星にＬＩＮＥできいてくる。

秀星は那沙の疑問に的確に答えるので、今や便利な宇宙辞典と化していた。

「皆既日食はそうそう起こらないからな。この辺りだと二〇三五年まで見れないから、海外に行くしかないけど、それでも次の皆既日食見ようと思ったら一年は先だな」

「一年、かあ……」

那沙は、一年先という時間がまるで想像できない、というような顔で、どこか遠くを見ている。

またた、と秀星はその表情に見入ってしまう。

十五歳にしては少し幼く感じる容姿の那沙だったが、時折見せるこの表情と雰囲気が、秀星の心を捉えてしまう。

「その日食、一緒に見に行けるといいね」

「え？　いや、まあ、どうだろ。お金がかかるからなあ」

「どれくらい？」

「グリーンランドやアイスランドの辺りだからな。うん十万はかかるだろ」

その金額を聞いて、那沙は難しそうな顔をしたが、それも一瞬だ。

「大丈夫だよ。生きてりゃお金は稼げる！」

「君はお金の価値がわかってんのかな？」

「君呼びは禁止だよ、秀星くん！　あたしは那沙だってば。名前は大事だよ？」

那沙は秀星が『君』と言うと、やはりこうしてダメ出しをしてくる。

確かに名前は大事だと秀星も思うが、那沙のこだわりは尋常ではない。

「そういや、この天文台って、秀星くんのおじいさんが建てたんだっけ」

「ああ、そうだ」

「どんな人だったの？　秀星くんのおじいさん」

「やんちゃな人だったよ。俺の、一番の友人だった」

「名前は？」

「鷲上太陽」

あまりにストレートな名前に、那沙は少し驚いたようだった。しかし、すぐに得心したようにうなずいた。

「太陽さんか。すごいね。みんなを照らしてくれるような名前だ！」

「那沙ちゃん……」

見ず知らずの故人のことを、『太陽さん』と呼ぶ那沙。

「ね、この人が太陽さん？」

「ああ」

棚の上に飾ってある、秀星と写った老人の写真を手にして、那沙は問う。

「いい笑顔だね。とっても楽しそう。秀星くんも、今よりいい顔してるね」

「……そうかな」

痛いところを突かれた、と秀星は表情に困った。

あの頃は、夢と希望と情熱にあふれた日々を過ごしていた。あんなことさえなければ、秀星は今もその志（こころざし）を継いでいただろう。だが、今はそうではない。やっと天文台に足を向けることができるようになったものの、その先にはまだ進めていなかった。

「それにしても、普通ならおじいちゃん、とかおじいさん、とか呼ぶんじゃないのかな。那沙ちゃんは、太陽さんって呼んでくれるんだな」

「そうだよ。だって、名前は大事だもの。秀星くんにとってはおじいちゃんでいいかもだけど、あたしからは太陽さん、だよ。それが、太陽さんがここにいた証になるんだよ」

なんてことのないその言葉に、秀星はたとえようもない感動を覚えた。

「そうだな。確かに、あの人はここにいた。……少し、話そうか」

「うん、聞きたい」

秀星はともすれば封印しがちなあの日のことを、言葉を選びながら那沙に話し始めた。


一年前の八月十六日、金曜日。

天体観測中に倒れた太陽が病院に運ばれたその翌日、秀星は天文台の片付けに訪れていた。太陽の容態は予断を許さないが、そばにいてもできることはない。

そして、何より気になることがあった。

太陽が倒れて騒然となったときに耳にした、アラーム音だ。あれは間違いなく掃天システムからの、新天体の疑いがある何かを見つけたアラートに違いなかった。

新天体を発見するために太陽と秀星が開発した、掃天システムが鳴ったのだ。

無論、誤作動の多いシステムで、まだ開発途上なことは承知の上で、それでも、鳴ったという事実がある以上、確認はしなければならない。

システムは落としていないので、起動しっぱなしだ。秀星はアラートを確認する。

「あれ？　これ……」

そこに映し出されているのは、昨夜の銀河と、その前日の銀河の照合画面。

昨夜撮影したＮＧＣ２４７銀河に映し出された、ひとつの星にチェックがついている。

「え！　ちょっと待って！　これマジじゃないのか！」

夜も更けて南に低く昇って来ていた『くじら座』の一角にある、あまり有名とはいえない銀河だ。そこに、明らかに前日にはない星の光が捉えられている。おそらくは写真で見なければわからないくらいのものだが、銀河の明るさから考えると、実際は相当に明るい星がそこにある。系外銀河腕の中に現れる超新星として、特徴的な印象だ。

「待て、落ち着け！　もう一度確認だ」

一刻も早く通報したい気持ちを抑えて、秀星はもう一度、確認作業をする。ノイズではないか、たまたま前日画像に映らなかった星ではないか、など。星の撮影は空の条件にもかなり依存する。秀星の作ったシステムでは、まだそこまで完璧な検出ができない。

「いや、これ、マジだ……マジだぞ！　超新星だ！」

いくつかの確認作業を終え、これが明らかに昨夜現れた新天体だという確証を持った秀星は、興奮に震える指で国立天文台に電話をかける。

「くじら座の銀河、ＮＧＣ２４７の腕の中に超新星らしき天体を確認しました！　昨夜です。データは……」

通常の新星や彗星発見の場合は、天空上の座標である、赤経赤緯などの情報を伝えるのだが、銀河の場合は既に命名されているものであるため、観測確認は迅速に行われる。

有名な銀河ならともかく、この天体はちょっとマイナーだ。ほかに観測者がいない可能性は高いと秀星は思った。

だが、意外な答えが返ってきた。

『ああ、その天体は今朝方、午前四時十四分に報告が入っています。少し遅かったですね』

「……マジですか。ああ、やっぱり簡単じゃないんですね」

一気に興奮が冷めて、冷静な思考が戻ってきた。

『かなりマイナーな銀河ですし、観測報告がなかったのは確かで、あなたが第二報です。こちらもまだ昨日の今日で確認が取れておらず、今、国外の夜の地域の観測所に依頼してるところですから、立派なものですよ。一応記録はしておきますね』

「ありがとうございます。ああ、ちくしょう、悔しい」

『お気持ちはお察しいたします。新天体報告のご協力ありがとうございます。またなにかありましたら』

それで報告は終わった。あっけないほどに。

「ちっきしょー！　第二報かよ！」

超新星発見の栄誉は第一報の者だけが持つ。

アラームが鳴った時間はよく覚えている。午前三時過ぎだった。もし、昨夜あの刻に祖父が倒れ、それどころではなくなってしまったのだ。

もしこれが第一報だったら、今病院で戦っている祖父に報告すれば、何かしらの励みになったかもしれない。

「いや、第二報でもすげえよ。今までで最高の成果じゃないか」

発見者の栄誉にはあずかれないが、それでも単独発見世界第二番目、というのは凄いことだ。それに太陽が倒れていなかったら間違いなく第一報になっていた。幻と消えたが、発見者は太陽だったといってもいいだろう。

秀星は乗ってきた自転車にまたがり、急いで病院へ向かう。

祖父の状況は良くない。もう覚悟してくれ、とさえ言われた。早く伝えなければ、祖父太陽はもう手の届かないところへ行ってしまうかもしれない。

九十歳を超えてかくしゃくとしていた。いつまでも元気で星を見ているんじゃないかと思った。だが、その日は突然、何の前触れもなく来てしまったのだ。それが寿命、それが限りある命というものだろう。だが、超新星のことを伝えれば、太陽はもう一度元気になるに違いないと信じて、秀星はペダルをこぎ続ける。

もうすぐ病院というところで、スマホが鳴った。

内容は予想できる。出るより走った方が早い、と判断して、秀星は病室に駆け込んだ。

「じいちゃん！」

「ああ、秀星！　間に合った！　まったくこの子は……」

おそらくは電話をかけ続けていたであろう祖母の言葉を聞き終わるまでもなく、秀星は太陽のもとに駆け寄った。状況からして、もう臨終の床だということはわかった。

「じいちゃん！　聞こえるか！　昨日発見のアラートが鳴ってただろ！　超新星の第二報だ！　世界で二番目だ！　ほんとなら俺たちが第一報だったんだ！　次は一番取るぞ、じいちゃん！　なあ！」

耳元で精一杯叫んだ。人間は死の間際、聴覚が最後まで残るという。

もう意識もはっきりとせず、鼓動も弱まっていた鷲上太陽は、最後に小さく腕を上げ、親指を立て、そして、逝った。

生と死の境界。それはあまりにもあっけないものだ。

ついさっきまでこの世界にあった命が、刹那にどこかへと消えてしまう。

それがどこへ消えるのか、誰も知らない。だが、宇宙に向き合ってきた秀星にはわかる。

太陽は、宇宙の生命の連鎖の中に旅立ったのだ、と。いや、そう信じたかった。信じることで、少しでもその喪失感をやわらげたかったのだ。

「じいちゃん……！　俺が、俺が絶対見つけるからな！　新天体見つけて、じいちゃんの天文台の名前を残してやるからな！　ぜっ……たい……」

そのまま泣き崩れた。あとは覚えていない。

気が付けば、病院の待合室で眠りこけていて、太陽の通夜の段取りの話になっていた。

「じいちゃん……死んじまったんだな……」

いつか来ると覚悟はしていた。だが、いざ来ると、覚悟なんて何の役にも立たない。

ただ喪失感だけが大きかった。

両親のことなど覚えていない。物心ついたころから祖父母の家で育ち、父代わりの太陽と友人のように星を追いかけてきた。

祖母は、祖父と自分の良き理解者であり、秀星は今でも祖母には頭が上がらない。

その祖母に言われた。

「おじいさんも孫といっぱい遊べて楽しそうだったよ。ありがとね、秀星」と。

秀星にとって、太陽は祖父である以上に友人だった。同じ夢と同じ目標を持ち、それに向かって突き進む悪ガキみたいな友人だ。同年代の級友よりよほど繋（つな）がっていた。

それが、ぽっかりいなくなった。

通夜や告別式の段取りは大人たちの仕事で、秀星にやることはない。いったん自宅へ帰って休んで来いと言われ、自宅の自室へ入って、パソコンの電源をつけた。今や日課になっている、新天体の発見速報などをチェックする。

「あ、もう出てるな」

超新星は複数の機関による観測同定が終われば、すぐに速報が出る。そしてその時点で発見者、いわゆる第一報を入れた者の名前も出るのだが……。

「あ、れ？」

それは、太陽が所属していた天文同好会のメンバーのひとりの名だ。確か、昨夜もいた。

『廣瀬和康（ひろせかずやす）』

発見者の項にはそう記されていた。

おかしい。あの場所にいて、あの後、別の場所で観測し、自分でくじら座のNGC247などというマイナーな銀河を撮影して見つけたなどというわけがない。

「そういうことかよ……！」

秀星は一瞬で理解した。横取りされたのだと。

太陽が倒れ、アラームが鳴った。その後、やけに急かして自分を追い出し、当人は天文台に残った。

『あとはやっとくから、さあ』

それがどんな意味だったのか。

ひとり残って同定をして、第一報を報告したなら大体時間の辻褄も合う。報告の際、観測した場所の詳細や機材の詳細は聞かれない。そういうのは後の取材で判明することが多く、あまり重要視されない。まずは発見の一報と、その新天体の座標が重要になる。

秀星は、すぐに国立天文台に電話をかけた。

「昨日の超新星の件ですけど、第一報の人、うちの天文台にその時間にいた人です！　うちのシステムのアラートから勝手に報告して発見者に……！」

秀星はまくしたてるようにことの経緯を説明した。

これは不正だ。太陽と自分の血のにじむような努力を、横からかすめ取っていった。

あの状況でそんなことができるなんて信じられない。あまりにも酷すぎるではないか。

だが、天文台の返事は秀星の期待するものではなかった。

つまり、こういうことだ。

第一報は第一報である。その情報が正確なものであれば、それは受理される。

諸事情は理解したが、その報告が横取りであるかどうかの精査はこちらではできない。

ただし、当事者間で話をつければ、発見者の変更はあり得る。

秀星は感情をかき乱される。

「くっそ！　こんなことってあるかよ！」

理不尽だ。あまりにも理不尽だ。

だが、この場合、新天体の報告を受け付ける天文台側に非はない。

非があるのは、同じ同好会で、親しく交流しておきながら、あの状況下で功名心に負けて裏切った廣瀬という男だ。

タイミング的に横取り以外はありえないのだ。秀星は高校生とはいえ、素人ではない。新天体の発見がどれほど難しいか身に染みている。あの後、ほんの一時間ほどで別の場所で単独発見してデータを揃えて報告することなど不可能だ。

即刻ひっつかまえて文句を言ってやりたいが、今はそれより弔いが優先だ。煮えくり返る腸を必死に収め、秀星は粛々と、太陽を見送る気持ちへと切り替えなければならなかった。

そして廣瀬は、葬式にすら顔を見せることはなかった。

秀星は、かいつまんで祖父の最期と、超新星発見の話を那沙に語った。

だが、発見を横取りされた、ということだけは、どうしても言えない。そこだけは端折って話した。

「そうかあ、第二報だったんだね。それは、悔しいよね」

那沙には、太陽が倒れた日に鳴ったアラームで超新星が見つかったが、残念ながら第二報だった、という説明をした。

「ってことは、それ、あたしが去年ニュースで見た新星の話だよね？」

「超新星な。まあ、そういうことになるな」

「その話が出たときに教えてくれればいいのに！」

那沙はむう、とほおを膨らませる。

「いや、まあ、ちょっと言いそびれちまって。ごめんよ」

秀星にもいろいろ事情はあるが、そこは素直に謝っておいた。

「でも、そっか。この天文台でもあの超新星を見つけてたんだ。これはもう、運命かな」

「運命って、なんだよ」

「あたしね、秀星くんに会ってから、真剣に宇宙の勉強するようになったんだ」

「知ってるよ」

ここ数日のＬＩＮＥでのやり取りからも、そのことはうかがえた。

「でねでね、新天体って、人の名前が付いてるのあるじゃん？　何とか彗星とか」

「ああ、あるね」

「だからね、あたしの名前を宇宙に残したいなって。名前は、大事だから」

「はあ?」

あまりに突拍子もない那沙の発言に、秀星はポカンとする。

宇宙に名前を残す。それは確かにロマンのある話だし、特にアストロハンターの中でも彗星を追うコメットハンターや、小惑星を専門に探す人々は、そこにひとつの目標を掲げていることも珍しくない。

「どうやったらあたしの名前が付くのかな? あたしにもできるかな!」

目をキラキラさせながら、那沙が聞いてくる。無論、その答えを秀星は知っている。

「天体に名前が付くケースはいくつかあるけど、基本的には彗星の発見者になるか、小惑星を誰かに見つけてもらって命名権を得るか、だな」

秀星は天体命名のルールについて那沙に説明した。彗星の場合は発見順に三人までという単純なルールだが、小惑星に関してはやや複雑で、発見者自身の名前は付けられない、というルールがあった。

「つまり、那沙ちゃんが自分で名前を付けるなら、彗星発見者になるしかないな。それなら『琴坂彗星』の誕生だ」

「えー、名字なの？　名前がいいな。だって、名字は変わることもあるじゃん。名前は大事なんだよ。秀星くんが小惑星見つけて、あたしの名前つけてくれたらいいじゃん」

「なんで他力本願なんだよ」

「だって、自分でやるより時間がかからなそうだし。あたし、時間がないんだよね！」

時間なんてみんなないし、それは作るものだ、と秀星は思った。だから、特にそこを追及することなく話を続けてしまう。

「小惑星なんて、簡単に見つからないよ。正直超新星より難しいと思うぜ？」

「そうなの？」

小惑星や彗星は、かつてはアマチュア天文家の手によって発見されるケースが多かった。だが、近年の人工衛星による自動捜索の成果は目覚ましく、多くの新天体は地球から発見される前にこれらの衛星によって観測されることが多いのだ。

ただ、それでもその監視の目をかいくぐって地球に接近し、あるいは人工衛星が見つける前の暗い状態でも、天文家たちの手によって発見されるものがあることも事実だ。可能性はゼロではない。

「そっか、まあ、簡単じゃないんだよねえ、どんなことでも」

もう少し食いついてくるかと思ったが、那沙は秀星の説明に納得したようだ。ただ、那沙の少し残念そうな顔が、秀星の記憶に強く残った夜だった。


七月十九日、土曜日。月齢二十三・七。

いよいよ那沙との約束の日だ。今夜、秀星たちは超新星残骸である、はくちょう座の網状星雲を撮るのだ。

秀星は前日から、ＳＣＷという気象レーダーサイトとにらめっこを続けていた。ＳＣＷは、雲の様子をレーダー観測による予測図として見ることができるので、晴れ間が気になる天文家たちにはおなじみのサイトだ。

「こいつは、ジプシーの方がよさそうだな」

ジプシーとは移動観測のことで、天文台を持たないほとんどの天文家たちは、晴れた空の下まで移動して観測する。それをジプシー観測という。

定点観測所を持っていると、つい出不精になるのだが、今回は那沙にちゃんと写真を撮らせてあげたかった。

「久々に行くか。機材積もう」

天文家にとって機材運搬のための車は必須だ。祖父が高齢だったこともあって、秀星も十八歳になると同時に免許は取っていた。

移動観測になることと、車で迎えに行く時間をＬＩＮＥで那沙に告げると、『やったねドライブ！』と、テンション高めの返信がすぐに返ってきた。

移動観測用の機材を積み込み、忘れ物がないか入念にチェックをしていく。遠征先で機材が足らないなどとなると、リカバリーできないこともあるからだ。

「バッテリー、アダプター、コード類、ノートパソコン、カメラ、ＳＤカード、あと何がいるっけ？」

遠征など久しぶりなので、撮影のシミュレーションをしながらチェックを繰り返す。那沙はカメラを持ってくると言っていたが、念のためにサブ機も用意していく。

たっぷり二時間ほどかけて機材を積み込み、車の後部荷室はいっぱいになった。

最終チェックを済ませて、一路那沙の家へと向かう。住所は聞いていたが、実際に行くのは初めてだ。

それなりにいい家が立ち並ぶ住宅街に入ったので、秀星はちょっと驚く。確かに那沙には育ちの良さが見て取れる。妙に距離が近かったり、年長の秀星に対しても特に敬語を使うようなことはなかったが、それでもそういう雰囲気は所作や言動から感じることだ。

それでも、ちょっと予想外の高級住宅地ではあった。

「琴坂、ああ、ここか」

知らされていた住所の表札に既知の名を見て車を止め、那沙に到着を知らせるＬＩＮＥを送った。

今行く、とすぐに返事があって、ほどなく玄関が開いた。

那沙の後ろに人影が見えた。どうやら母親らしい、と瞬時に判断した秀星は、慌てて車を降りて居住まいを正す。

「あ、あの、え、えっと、その、那沙さんのお母さんですね！　初めまして！」

「なに緊張してんの秀星くん。それに、名前は大事だよってば。あらためて、琴坂雫、あたしの母です」

名前はそこにその人がいる証。那沙はそう言っていた。確かに『那沙のお母さん』というのが『琴坂雫』をさすとしても、そこに名前はない。

さすがに気恥ずかしいが、那沙のポリシーも尊重したい。

「え、えっと、じゃあ雫さんって呼ぶのか？」

「はい、それで結構です。鷲上秀星さん、ですね。初めまして。先日は電話のみで失礼いたしました。那沙が我がままを言ってるようで」

「あ、いえ、そんなことは。それより、娘さんを一晩お借りして申し訳ないです」

電話口で聞いた声は、落ち着いておっとりとした印象だった。実際に会ってみても確かにそうなのだが、表情や口調がわずかに陰っている気がした。那沙の天真爛漫で溌溂とした雰囲気とは対照的だ。

「那沙が望んでいるようですし、秀星さんは信頼できる、と言っています。娘がそう言うのなら、私も信頼いたします」

「あ、そ、そうですか、それは、ありがとうございます」

年頃の娘が男とふたりきりで、それも、星見という趣味は好んで人けのない暗いところへ行く。車だって密室だ。そこまで信頼をぶち込んでこられては、もとより下心はないとはいえ、秀星としても裏切るわけにはいかない。

「これを」

雫が差し出したのは、一枚のメモ。受け取ると、そこには携帯番号が書かれている。

「私の連絡先です。もし、何かありましたら」

「はあ」

未成年の女子を預かるのだ。親との番号交換は当然だろう。早速登録して、雫のスマホにも一度着信を入れておく。

「じゃあ、那沙、楽しんできなさい。秀星さん、よろしくお願いします」

「はい、お預かりします」

秀星は雫に会釈を返し、那沙に出発を促す。

「じゃ、行ってきます！　ちゃんと帰ってくるから！」

雫の手を取りながらそう告げる那沙に、そりゃ当たり前だろ、と、秀星は思う。

ただ、気になるのは、笑みを向けながらも、雫の表情がどこか陰鬱だったことだ。

「いや、けっこうな高級住宅街でビビったよ。那沙ちゃん、お嬢様だったんだな」

「へへーん。まあ、頑張ってるのはお父さんだし、あたしは何も偉くないけどね。秀星くんだって、この車、凄いじゃん？　大学生だよね？」

秀星の車は、大学生が持つには分不相応なものだ。オフロード仕様の四駆で、決して安いものではない。

「これはじいちゃんのだよ。遺産のひとつさ。今は名義もばあちゃんになってるけど、来年からは俺が維持しないといけないから大変だよ」

「そっかあ。ねえ、太陽さんていくつだったの？」

「九十二だった。まあ、大往生だとは思うけど、ね」

充分よく生きた。それでも、なぜせめてあと一日、と今でも思う。

その一日があれば、廣瀬などにかすめ取られることもなかったのに。

だが、那沙にはそんなことはおくびにも出さない。

「九十二歳でこの車乗ってたんだ。なかなかかっこいい人だね」

「まあ、ファンキー爺（じい）さんだったことは確かだな」

七十歳以上年が離れているのに、年齢差を感じなかった。本当に友人のように遊びまくっていたのだ。

その祖父の忘れ形見のハンドルを握りながら、今、新たに宇宙に魅入られ始めた那沙を乗せて星を見に行くのも巡り合わせなのかな、とさえ感じる。

「ところで、カメラ持ってきたんだろ？」

「うん、持ってきたよ。やっぱり、自分のカメラで撮りたいじゃん。って言っても、お父さんからの借りものだけど」

「もしかして、お父さんは星好き？」

「うん。だって、あたし、『ナサ』だよ？」

だよな、と秀星は納得する。

宇宙が好きなら、反応せざるを得ない名前だ。

「那沙の『那』は『美しい』、沙の『沙』は『水で洗って悪いものを除く』って意味があるんだって。だから、意味としては、美しく幸せに、ってことらしいよ。で、ついでにアメリカ航空宇宙局なんだ」

「なるほどな」

那沙の纏う雰囲気は、確かにその名前の意味にふさわしい。

「秀星くんは？」

「俺？　俺は、じいちゃんが名付け親なんだ。『秀でた星になれ。この宇宙で一番の星になれ』ってことらしいぜ。無茶振りだけどな」

「太陽以上の星になれるのかな？　秀星くん勝てるの？」

太陽は全天で最強の明るさだ。いくら優れた星になったとして、

「勝てる気はしないな」

と笑いがこみあげてくる。

「でも、『秀星』っていい名前だよ。めっちゃ単純だけど、だからこそ、いいね」

「そうか?」

「そうだよ。名前は大事なんだから、誇ろうよ」

「いいこと言うな」

「あたしはいつもいいことしか言わないよ。だって、悪いことを言う暇なんかないから」

「よく言うよ」

秀星はまだ知らなかった。夢を追う時間は、そう多くは残っていないということを。

大阪の北部の果てから南下を続ける。

国道一七三号線を下り、阪神高速から阪和自動車道を経由し、岸和田和泉で下りて国道四八〇号線へ。さらに、高野龍神スカイラインを目指す。

目的地は、奈良と和歌山の県境にある秘境護摩壇山の『道の駅ごまさんスカイタワー』だ。

ここは日本でも有数の空の暗い場所であり、関西の天文家の聖地のひとつだ。新月期の晴れた夜には、必ず望遠鏡を携えたロマンチストたちが集まる。

休憩も挟みながら約五時間ほどの道のりを経て、ふたりは無事到着した。

時刻は十八時。日の入りは十九時十四分なので、まだ空は明るい。

「凄いね。いい天気」

「予報通りでよかったよ。せっかく撮るなら暗い空の方がいいと思ってね」

明るいうちに望遠鏡の大まかなセッティングを済ませ、星が見え始めたらすぐに、アライメントをしてしまいたかった。

今日は、夜半には月が昇ってくる。それまでが勝負なのだ。空が暗くなるころには東の空に網状星雲のあるはくちょう座——天の川の付近が、撮影可能な高さまで昇ってくるだろう。

「これで撮るんだ。秀星くんの天文台にあるやつと形違うね」

機材を出していると、やはり那沙は興味深そうにのぞき込んでくる。

「まあな、あれはフォーク式っていう架台だよ。これはドイツ式。でも、赤道儀っていう機能自体は変わらない」

天文家にとって機材のうんちくは楽しみのひとつだ。と言っても、那沙の頭にはクエスチョンマークがいっぱいだし、求められもしないのに詳細を説明するほど、秀星も野暮ではない。

「カメラ出して。セッティングしちまうよ」

「うん。これ」

那沙からカメラを受け取り、網状星雲の撮影に適している短焦点の屈折望遠鏡にアダプタを介して取り付ける。

「へえ、こうするとなんか、かっこいいや……でも、高そう」

「まあ、安くはないな。網状星雲だとこの望遠鏡がいいと思って」

「よくわかんないけど、任せる！」

自分で撮る、とは言っても那沙にはまだ何もわからない。主な作業は秀星がやることになる。那沙のカメラで撮る、というだけだ。

それでも那沙はワクワクを抑えられないようだった。

空が次第に暗くなっていく。

「いいよな、この、宇宙に落ちていく瞬間が」

宇宙に落ちていく、とは、昔太陽が秀星に語った言葉だが、秀星はその表現が好きだ。

「落ちていく？」

「ああ、太陽が沈んで、空が青から黒へのグラデーションを見せながら、少しずつ宇宙が見えてくる。この瞬間が最高に好きだな」

「へえ、秀星くんもロマンチックだね」

秀星はまだ陽（ひ）の光が残る紺碧（こんぺき）の空を見上げた。那沙もそれに倣って空を見る。

「あ、星が見えてきた。あれは？」

「ベガだな。この前見ただろ？」

「じゃあ、あっちは？」

那沙はウキウキとした様子で天空の空を指さす。それを見る秀星の心も和む。誰かが喜ぶのは、素敵なことに違いなかった。

「うしかい座のアークトゥルスだな」

「凄いね、何でもわかっちゃう」

「覚えてしまうんだよ、ずっとやってると。明るい星だけだけどね」

今日の空のコンディションはいい、と秀星ですら心躍る。

薄明が過ぎてすぐに星が見えてくるのは透明度が高い証拠だ。夏の空はともするとかすみがちだが、ここは標高も高く条件がいい。それでも、夏にこの透明度は貴重と言えた。

「ねえ、星には全部名前があるのかな？」

那沙は空を見上げたまま、そんなことを聞いてきた。

「星の名前、か。そうだな、肉眼で見えてる星にはほぼあると言っていい。まあ、中には星座プラス番号ってやつも多いけど」

「そっか。それでも名前はあるんだ。名前のない星もあるの？」

「そりゃあるさ。宇宙は広いんだ。まだ見つかってない星もあるだろうし、遠くの銀河の中にある星まで考えれば、名前のない方が多いだろ」

「ひとつひとつ、存在してるのに、名前がないのはかわいそうだよ」

「そうは言っても、現実的には難しいさ」

宇宙の規模は、人の理解を超えている。

宇宙に興味のない人からすれば、それは全くどうでもいいことだ。だが、宇宙に向き合う秀星のような人種にとっては、その底の深さと広さは、時に恐怖さえ覚えるものだ。

「その星たちにも、もしかすると名前があるかもだね。でも、あたしたちには知ることができない。でね、あたしたちもそうだよね、って思うんだ」

那沙はまた、突然変なことを言いだした。だが、そういうことを言うときの那沙は、必ず遠いところを見ている。少なくとも、秀星にはそう感じられた。

「あたしは琴坂那沙。秀星くんは、鷲上秀星」

「それが？」

「でも、それを知らない人から見たら、あたしたちはただの人。名前もわからない人だよね。多くの人にとって、あたしたちの存在は意味がないのかもしれない。だからだよ」

だから、と那沙は力を込めていった。

「だから、あたしは宇宙に名前を残したいんだ。今までそんなこと思ったこともなかったけど、秀星くんに会ってから、あたしはそれができるって知った。知ったからには、残したい。それがたとえ、一部の人にだけ知られるものでもいい。あたしがいた証を、どこかに残したいんだ」

「そりゃあ、壮大だな」

「あ、なんかバカにしてるでしょ。本気にしてないな？」

空を仰いでいた視線が、秀星の頬を射る。

「いや、そんなことはない。俺だって思うよ。この宇宙に名を残せるなら、どんなに幸せかってね」

「それなら！」

あたしのために小惑星、見つけようよ、と那沙ははしゃぐ。

そんなに簡単なものではないことだと、秀星はよく知っている。

けれども、祖父の太陽はそれを目指した。彗星、新星、超新星、小惑星、どれでもいい。見つければ少なくとも発見者として名は残る。そんなロマンに、人生を賭け、そして、正しくそれを摑み取ったはずなのだ。惜しむらくはそれが公の記録とはならず、知るのは秀星のみとなったことだ。

以来一年間、秀星は星から離れていた。

たまたま出会った那沙に触発されて、天文台の様子を見に行ったところで再会し、今は新天体の発見をそそのかされている。

これは運命ではないか、と運命論など信じない秀星にすら、そう思わせるものがあった。

那沙には、秀星の心を動かすなにかがあった。

なにかは、秀星にもまだわからない。それでも、乗ってやろうか、という思いがわずかに頭をもたげていた。そもそも、あの天文台は、新天体発見のために太陽が作ったのだ。想いを継ぐ自分が、天体捜索をやらないというのは、むしろ不自然でさえあるのだから。

「よし、そろそろやるか」

頭をよぎる想いはたくさんあるが、まずは今日の目的を達成しなければならない。

自動導入で網状星雲の方にカメラを向け、数枚撮影してみて、構図を確認する。

この時点で、カメラの液晶にはうっすらと星雲の姿が写っていた。

「わー、もう写ってるよ！　すごいすごい！　なにこれ！　赤とか青とかカラフル！」

「人の目と違ってカメラは光を蓄積できるからな。まあ、こっからが本番なんだけど」

構図を決めるのも秀星の仕事だ。前に那沙に見せた写真のように、この天体が超新星爆発の残骸である、ということが見て取れる構図にする。

あとはインターバルタイマーをセットし、短時間の露出を繰り返すだけだ。それは例えば、一分の露出を一二〇回繰り返して、あとでパソコンで足せば、一二〇分間露光したのと同じ効果がある、ということだ。デジタルならではのコンポジットという撮影手法だ。

「いろいろめんどくさいんだね、天体写真って」

「まあな。でも、それに見合うだけのものを宇宙はくれるよ。宇宙を切り取る感動を覚えちまうとね、もう戻れない」

「宇宙を切り取る、か。いいね、それ！」

自分が持ってきたカメラに、うっすらとはいえ天体が写っている。それは、那沙にとってもちろん初めての経験だろうし、そこにワンダーがあった。

「すごいな。この子はこうして、今でも名前と姿を残してるんだ」

液晶に映った網状星雲を、那沙はいとおしそうに見つめる。

「よし、じゃあ設定は終わった。那沙ちゃん、自分でシャッター押すといいよ」

「え？　大丈夫？　壊れない？」

「壊れねえよ。ほら、記念すべき天体写真第一号だ。押して」

「う、うん！」

おっかなびっくり、那沙はカメラのシャッターを押す。インターバルタイマーが作動し、これで撮影終了までやることはない。一分を一二〇回。約二時間の露光が始まった。

「あとは、のんびり待つだけさ。日付が変わるくらいには全工程終わってるよ」

「そうなんだ。天体写真撮るって、けっこう暇なんだね」

「今は自動技術が発達してるからな。でも、昔は大変だったらしいよ。星がずれないようにずっと半分手動で追いかけてたらしいぜ。今では想像もできないけど」

「うわあ、それはそれで忙しすぎるう」

今日は新月ではないため、駐車場にも他に望遠鏡を出している人はいなかった。

秀星はキャンプ用の椅子をふたつとテーブルを出し、ストーブとヤカンを乗せた。

「コーヒーはいかがですか、お嬢さん」

「苦しゅうない、カフェオレで」

そんな冗談口をたたきながら、星空の下で一杯を嗜(たしな)む。

星見人(ホシミニスト)としては最高の時間だ。

「すっごい星の数だね。こんなの初めて見た！　綺麗……」

日本で最も暗い空、とも言われる場所でもある。星は都会で見るそれとは比べ物にならない。

「せっかくだから、いい空で撮らせてあげようと思ってね」

「ありがと。秀星くん」

暗がりでもわかるくらいの満面の笑みでそう言われると、連れてきてよかった、と思う。

那沙はカップをテーブルにおいて、うーん、と背伸びをして、天を見上げる。そこにはちょうど今撮影しているはくちょう座と、それを貫く天の川が見える。

那沙は、手のひらを広げてその空に向かって腕を伸ばした。

「ねえ、この空って、世界中に繋がってるんだよね？」

「ああ、そりゃそうだろ」

この空はどこの地とも繋がっている。ここで見る空と、地球上のあらゆる地点から見上げる空は、同じものだ。

「でさ、この空の先って、宇宙の果てまで繋がってるんだよね？」

「……そうだよ」

秀星は驚いた。天文家ならば、いつかそこにたどり着くし、それが見えるから天文家は宇宙に惹かれるのだ。

しかし、一般的に生活の中でそれを感じることはないし、考えすらしないだろう。

だが、那沙は今それを知っている。感じている。

この、いつでも誰でも見上げることができるなんでもない空が、宇宙誕生の日から広がり続け、人類がおそらく永遠にたどり着くことのない、宇宙の果てと呼ばれる場所にまで、一直線に続いていることを。

「それって、すごく不思議だよね。ほら、あの星。あれが今見えてるってことは、あの星から今あたしがいるここまで、それを遮るものがないんだよ？」

那沙はベガを指さす。それはこと座の主星であり、七夕の織姫星でもある。

「すごいよね。今あたしたちがいる所から、あそこまで、一直線で行けるんだ。すごく遠いんだろうけど、まっすぐだよ」

「ああ、そうだ。この空の上に間違いなく宇宙があって、その先にいろんな星がある。宇宙人だっているだろうさ。だから俺たちは星を見る。この空は全部繋がってるんだから」

「あ、カッコいいこと言うじゃん秀星くん」

「そりゃどうも。でも、その単純で当たり前ながら、とてつもなく不思議な感覚が、俺たちを宇宙に導くんだろうな」

「そうだね、わかる」

都会では想像もできないほどの数の星がふたりの頭上に煌めいていた。

写真を撮っている間は、もう一台持ってきた観望用の望遠鏡で、この時期に見ることができる天体を片っ端から那沙に見せる。

そのひとつひとつに名前があり、天体としてのデータがある。那沙はそれらを逐一聞きたがり、秀星はそれに応える。那沙が喜ぶと、秀星は嬉しかった。

ふたりで夢中になって夜空を覗いているうちに、気づけば時刻は零時を回ろうとしていた。

「あ」

那沙が突然、短く感嘆の声をあげた。

「宇宙が鳴ったよ……ねえ、秀星くん、わかる？」

彼女が何を言おうとしているのか、秀星には理解できた。

「わかるよ。耳の奥っていうか、心の奥に染み入る音が聞こえる」

「すっごい……すごいや……宇宙の鼓動が聞こえるよ」

那沙はそう言って空を見上げている。

空の漆黒が一段と引き締まり、宇宙が一段下りてきたのかと錯覚するほどのシンとした静けさと厳かさが空を覆っていた。宇宙の音、と那沙が表現したのは、その静けさだ。

夜半を過ぎると都会の照明が落とされていき、それがこの山奥の空にも影響する。

だが、ただそれだけでは言い表せない何か。

体験した者にしかわからない。感じ取れた者にしかわからない。

秀星と那沙は、それを共有することができたのだ。

「宇宙にも、心臓ってあるのかな。宇宙だって、生きてるんだよね」

「あるかもな。宇宙はわからないことだらけだし、何が起こっても不思議じゃないさ」

二人は空を見上げる。人もいない、灯りもない。ただ、静寂と星空だけがあった。

やがて、その静けさを打ち消すように、露出の最後のシャッター音が聞こえた。撮影の工程が終わったのだ。

「撮れてるかな」

秀星と一緒になって、那沙も液晶モニターをのぞき込む。

「コマを見る限り、撮れてるね。あとは、帰ってからパソコンで処理作業だ。むしろここからが本番さ」

「あ、あっちが明るくなってきたよ」

東の山の端がうっすらと明るい。月が昇ってきたのだ。下弦の月を少し超えたくらいの半月だが、山の端から顔を出した途端にあっという間に空の支配権を奪っていく。

さっきまで見えていた満天の星は、その灯りにかき消されていった。

「やっぱり、月って明るいんだね」

「だろ。だから、俺たちは月のない時期を狙って写真を撮るのさ。晴れてるかどうかを考えると、一年でしっかり撮れる日って、意外とないんだぜ？」

「じゃあ、今日は良かった？」

「最高だったと思うよ」

「そっか。ありがと、秀星くん」

機材を片付け、深夜の帰路で、気が付けば助手席の那沙は眠りに落ちていた。

空が白むころには自宅に送り届け、「じゃあ、またね！　生きてたら今日また行くかも！」と元気よく別れた。秀星も冗談交じりに「俺も昼までは死んでるから、来るならそれ以降な」と返した。

じゃあ、すぐにこの写真の処理を終わらせとかなきゃな、と、天文台に帰ってから眠い目をこすって処理をはじめ、日が高く昇るころには大方の処理を終え、満足なものが出来上がっていた。

さすがに眠気には勝てず、そのまま昼過ぎから眠りこけていた。

だが、結局その日、那沙が来ることはなかった。

第二章　横たわる天の川

七月二十一日、月曜日。

網状星雲を撮りに行ってから、秀星は那沙に会っていない。

写真を見るためにすぐ来るものだろうと思っていたが、結局日曜日には来なかったし、連絡もなかった。

那沙の性格なら、『ごめーん、寝てた！』とLINEのひとつも送ってくるだろうに。

そこまで考えてから、慌てて首を振る。

「こっちから連絡することも、ないよな」

そう言い聞かせながら、天文台のゴミ出しをしようと何気なくキッチンにあるごみ箱を見たとき、それに気づいた。

「なんだ？　薬か？」

ほとんど生活感のない天文台なので、その薬のカラはすぐに秀星の目にとまった。

「ああ……この前、咳き込んだから薬飲むって……いや、でも」

初めて那沙がここにきて、そのまま一夜を明かしたとき。那沙は風邪気味だから、と言って薬を飲みに降りた。

だが、その数を見て秀星は唖然（あぜん）とした。

少なくとも十錠近い複数の薬のカラがあった。風邪薬の量ではない。

「なんだよ、これ……」

震える指で、それらを拾い上げた。薬の包装には裏側に大抵薬名が書いてある。見ても、馴染みのある名前のものはひとつもなかった。医者が処方した特殊な薬であろうことは、簡単に予測がつく。

そのうち、判読できたひとつの薬名を、秀星は思わずインターネットの検索にかけた。

すると、出てくるのは『β遮断薬を含む慢性心不全の標準的な治療』『劇薬（医師の処方により服薬）』『心機能改善剤』などといった、不穏な単語ばかりだ。

「心臓の……薬……？」

那沙の元気な様子を知る秀星からすれば、それはあまりにも非現実的な内容だ。

那沙は走り回るし、元気で明るいし、よく食べる。

少なくとも秀星が知る琴坂那沙は、元気一杯の少女だ。

じゃあ、この薬の数はいったい何なのか。

秀星の脳裏に、別れ際の那沙の言葉がフラッシュバックする。

『じゃあ、またね！　生きてたら今日また行くかも！』

思えば、他にも気になる言い回しはあった。

『えー、そんなに先なの？　死んじゃう！』

『だからね、あたしの名前を宇宙に残したいなって。名前は、大事だから』

そういうことなのか？

秀星の頭に最悪の考えがよぎった。震えが止まらない。

電話してみるか？

でも出なかったらどうする？

そう考えると、ＬＩＮＥすら怖くて送れない。そのまま永遠に既読にならないのではないか、という恐怖の方が大きかった。

だが、七月五日に初めて出会い、最後に会ったのは七月十九日。

たった二週間だ。それだけの付き合いのはずだ。

それでも、そのわずかな時間の中での逢瀬(おうせ)の密度は、まるで数年来の星仲間のようにさえ感じられた。

その日一日、秀星は何も手がつかないまま、家にも帰らず、天文台で夜を明かした。

ドームを開け、隅っこに座り込んだまま、スリットからぼんやりと夜空を眺めていた。

時間が流れていくにつれ、スリットから見える星は変わっていく。気が付けば月光が射(さ)し込んでいて、ドームの壁面に望遠鏡の影を大きく落としていた。

「名前、か……」

小惑星を見つければ、彼女の名を宇宙に残すことができる。

しかし、今までここのメインは超新星の捜索だった。一番効率が良く、見つかる可能性が高かったからだ。

ぼんやりと、どうすればいいシステムが組めるだろうか、と考えてみる。

頭がうまく動かない。ただ、那沙の『ねえ、この空って、世界中に繋がってるんだよね？』という言葉だけが、繰り返し頭に流れる。

秀星は、そのまま、まんじりともせずに夜を明かすことになった。

七月二十二日、火曜日の朝。

『ごっめーん！　ちょっと連絡できなかった！　今日から家族で田舎に帰るんで一週間くらい会えないよーん！　さびしい？　ねえさびしい？』

いつドームから寝室に引き上げたかも覚えていなかったが、秀星はベッドで目覚めた。

ひどく頭が痛い目覚めだったが、那沙からのＬＩＮＥを見て、一瞬で覚醒した。

その調子はいつもと同じに見えた。

心配させやがって、と思いながらも、心底ほっとしている自分がいることに気付く。

なんだかいろいろ言いたいことや聞きたいことがこみあげてきたが、『わかった楽しんでこいよ』とだけ返した。既読がついた後には返事はなかった。

「ま、元気そうで何よりだが、そうだな……」

一週間あれば、と秀星は考える。

次に会ったときにびっくりさせてやろうか、と、小惑星捜索システムの構築にこのひとりの時間を当てよう、と決めた。

そのためには、小惑星を知らなくてはならない。

秀星は一応、宇宙物理学専攻ではあるが、どちらかというと深宇宙の方に興味が向いている。太陽系内の天体の行動や状況に関して、星好きの範疇（はんちゅう）では詳しいが、ハンターとして専門的であるとは言えない。

「仕方ねえ、大学に顔出すか」

大学には豊富な資料があるし、何より、秀星の数少ない友人、いや、親友といっても良い日向満彦（ひゅうがみつひこ）がいる。

満彦は、太陽系近傍天体の軌道計算をメインとした研究をしていて、落下の可能性がある小惑星の監視や、失踪した天体を再発見するプログラム開発が研究テーマだ。深宇宙が研究テーマの秀星より、小惑星に対する知見は豊富だ。

いつもなら電車で二時間かけての通学だが、今は夏休みだし、昨日の疲れもあって、秀星は車を出すことにした。大学内には停(と)められないが、近くのコインパーキングにでも停めておけばいい。車なら電車より少し早く着く。

しかし、満彦のラボを訪ねると、いなかった。

いつもいるので、不在を想定していなかったのは迂闊(うかつ)だった。LINEを送ってみると、すぐに『今日は工学部に来てるぜ』と返信があった。

理学部と工学部はキャンパスが違う。車で来てよかった、と秀星は再び道を急ぐ。工学部に近いパーキングがいっぱいだったので、方々探してようやく医学部側のパーキングに停める。大学構内は広大だが、基本的には徒歩移動だ。運が良ければ移動用自転車を借りることもできるが、面倒なので歩いていく。

夏休みでも構内は学生で溢(あふ)れている。研究や勉強に励む人々が多いのはこの大学の特徴かもしれない。それだけに、各学部も専門性が高い。

そして、理学部のくせに工学部によく出入りしているのが、満彦だ。

「よう、来たな。なんだ急に」

工学部の電算系の研究室に、満彦はいた。白衣に身を包んでいなければ、ラガーマンか何かと間違われるようながっしりした体軀(たいく)で、眼鏡をかけた短髪の男だ。秀星とは中学生のころからの腐れ縁だ。そして、一年前の事件の時、秀星の言い分を信じて一緒に怒ってくれた、信頼に足る、そして、気の置けない友人でもある。

「理学部よりこっちの研究室の方が、パソコンのスペックがいいからな。ジャンクパーツもいっぱいあるから、タダ同然でハイスペックマシン組めるしな」

「おまえなんで理学部に来たんだよ」

「いや、宇宙やるなら理学部って思ったからだが、まあ、いいじゃねえか細かいことは」

満彦はこういった電子機器や計算に滅法強かった。秀星が宇宙を見るタイプの天文家だとすれば、満彦は宇宙を測るタイプの天文家だ。数式と計算で宇宙を描き出そうとする。

宇宙系の産業や学問は、かなり広範囲な専門的知識と深い関係を持つ。

満彦は理学部で宇宙を専攻しながら、工学部で電子機器と戯れている。まるで軌道計算をするために生まれてきたような男だ、と秀星は思っている。

「おまえの意見を聞きたくってな。小惑星捜索をしようと思うんだが、どの辺探すのがいいかと思って。なんか、知らないか？」

「なんだ、超新星はやめんの？　っていうか、やっと天文台動かすのか」

「いや、並行してやろうとは思ってるけど、ちょっと小惑星に名前つけるのもいいかなって思って」

「なんだ、じいちゃんの名前でも付けんのか？」

「ま、まあそんなところだ」

都合よく勘違いしてくれているので、秀星はその線で話を進める。

満彦は「なるほどな、まあそれも良かろう」と、説明をしてくれた。

小惑星には様々な種類があるが、原則的には太陽系内の天体、つまり、太陽の重力に影響を受けながら、太陽の周囲を回っている小天体、ということになる。それは地球をはじめとした惑星と同じことなのだが、質量が小さいこと、数が多いことなどから、様々な軌道パターンがあり、かなり細かく分類されている。

「けどな、結局は基本黄道（こうどう）の周囲にたくさんある、わかるだろ？」

「小惑星帯（アステロイドベルト）、ってことだな」

「そゆこと」

黄道とは、地球から見たときに太陽が天球上を通っていく見かけ上の道だ。

星座占いに使われる誕生星座などは、この太陽の通り道上にある星座が選ばれており、黄道十二星座と呼ばれるし、惑星もすべてこの見かけ上の太陽の通り道の上を動いていく。

太陽系内の天体の基本はそれで、小惑星帯に含まれる小惑星も通常はそこに多数存在する、というわけだ。

「つまり、黄道上を精査していく形になるか」

「まあな。ただ、お前も知ってるだろうが、明るい小惑星はもう見つからんだろ。それなりの口径と集光力のある機材で、狭い画角をたくさん撮って暗いやつを探す、って地道な作業になるな」

「なるほどな。ありがとう、ちょっとやってみるさ。まあ、どうせすぐには見つからんもんだしな」

「けど、見つかったじゃねえか、超新星は。なんか見つけたら俺んとこ持ってこい。新天体かそうじゃないか、同定してやるぜ。システムのいい実験台にしてやる」

悪態をつくが、満彦流の励ましだ、と秀星にはわかる。

電話でも済む話だったが、やはり直接聞きに来てよかった。

「ま、もうちょい詳しい話なら、秋田久雄（あきたひさお）さんとか、関西なら有名だろ？　太陽さん、知り合いだったって聞いたけど、訊（き）いてみたらどうだ？」

「ああ、いや、さすがにそんな重鎮にはなあ。俺は直接知らないし」

関西にも天体軌道計算の大家（たいか）、長野秀一（ながのしゅういち）や、新天体捜索の大御所、秋田久雄など群雄が割拠している。秀星などまだひよっこもひよっこだ。とても教えを乞える立場ではない。

とにかく、理屈は簡単だ。秀星の頭の中にはすでにシステムの大まかな構成が浮かんでいた。天文台の主砲なら、充分に捜索が可能なものだ。

光明が見え、思い付きが実現可能領域に入ると、すぐに試したくなる。満彦のように、オリジナルのものではないとはいえ、自身も市販のソフトを駆使して捜索システムを組むことができる。

秀星は満彦に礼を言って足早に来た道を戻るが、ふと、視界に入ったある光景に足を止める。

「あれ？　今の……」

那沙の母、雫が大学病院の入り口から出てきたのを見た、ような気がした。

遠目だったので確証はない。それでも、初めて会ったときに感じたあの陰のある雰囲気は、那沙とは違った意味で印象的だった。

その瞬間、システム構築に使っていた脳の方向が切り替わった。

天文台で見つけたあの薬のカラだ。

胸騒ぎを感じ、秀星は自分でもよくわからないままに行動した。

入院しているかどうかの確証もないのに、受付で『琴坂那沙のお見舞いに来ました』、と告げてしまう。

　すると、何の引っ掛かりもなく回答が出てきた。

「九階の特別病室になります」

　秀星の胃の腑に重い衝撃が走る。

　那沙はここにいる。田舎に帰省したと言っていたのに。

　秀星に嘘をついてまで、彼女はここで何をしているのか。

　エレベーターの前で九階を確認する。そこには『ハートセンター』の文字があり、心臓系の疾患に対応する診療科名が並んでいた。

　秀星が薬名を検索したときに出てきた不穏な病名たちが脳裏を占領する。

　エレベーターを降り、ナースセンターでもう一度案内を聞いてから、部屋の前に立った。

　病室の表札には、マジックで『琴坂那沙様』と書かれている。珍しい名前だ。間違いない。那沙はいる。

　ここまで来て、秀星は躊躇（ちゅうちょ）していた。

　扉を開けるべきなのか。それとも、引き返すべきなのか。

（けど、引き返してどうなる？）

たっぷり五分ほど扉の前で悩んだ。

意を決して、ノックする。その手が自分の意志と関係なく震えているのを自覚しながら。

「はいどーぞ！」

中から聞き慣れた声が返ってくる。元気いっぱいのいつもの那沙の声だ。

秀星はゆっくり扉を開けた。個室だがそれほど広い部屋ではない。

すぐにベッドが視界に入る。

「え？」

入ってきた人物を確認した那沙は、明らかに狼狽（ろうばい）した表情を秀星に向けた。

「しゅ、秀星くん？　なんで？　お、お母さんに聞いたとか？　秀星くんには知らせないでって言っといたのに」

「あ、いや、雫さんに聞いたわけじゃないんだ」

「じゃあ、どうして……秀星くん、エスパー？」

「いや、そんなわけ、ないだろ……たまたま大学に用事で来てたら、ここから雫さんっぽい人が出ていくのが見えて……なんとなく……」

「え、秀星くん、ここの大学なんだ……そっか、そりゃあ間が悪いなあ」

那沙はバツが悪そうに頭をかいていた。

あの薬のカラがあったからここに結び付いた。あれがなければ、ただの人違いかな、で終わっていた。

「薬のカラを見て……」

秀星は、振り絞るようにそれだけ口にした。あ、と那沙が気づいたような顔をした。

「そっか、そうなんだ……こりゃあ迂闊だったなあ……気づかれないように気を付けてたのにさ」

「やっぱり、あの薬、那沙ちゃんのなんだな？」

「そうだよ。あたしの薬。あたしの命を支えてる、薬、だよ」

命を支えている薬、という言葉が秀星の脳髄を直撃する。

風邪薬とか、頭痛薬とか、日常お世話になるような薬とはレベルの違う、本当の薬。

薬局で買える薬というのは、実質医学的には薬と呼べる代物ではない。軽症に対して多少薬効がある、という程度だ。

　だが、今那沙が飲んでいる薬は違う。秀星もネットで検索していなければ信じがたかったが、この薬をしばらく服用しなければ、那沙の命は保たないかもしれない、というレベルの薬だ。

「あ、なんか深刻な顔してるね秀星くん。へーきへーき。あたしはほら、この通り元気ピンピンだから！」

　那沙はベッドの上に半身を起こしている状態で、ガッツポーズをしてみせる。

　確かに、顔色も悪くないし、表情もいつものように明るい。だが、初めて会ったときに感じた、夏の雪女か、と思うような肌の白さ。それは、まさに彼女の血行の悪さを物語っているのではないか。

「まー、日曜日にちょっと気分悪くなって、検査入院になっちゃったもんだから、連絡できなかったのはごめんね。あと、嘘ついてごめん。心配させたくはなかったんだ」

　田舎に帰る、と嘘をついたことを言っていた。

　確かに、まだ知り合って二週間ほどだ。すべてをさらけ出すような関係ではないだろう。そして、秀星自身も那沙に隠していることはある。彼女を責める立場にはなかった。

それは理解しつつも、やはり何とも言えない気持ちが心を覆っていく。まるで、どんなに高性能な光学望遠鏡を使っても、先が見えない暗黒星雲が立ちはだかっているときのように、那沙と自分の心の間に見通せないものがあるように思えた。

「すまん。あんな徹夜の星見は、負担が大きかったんじゃないか？」

「大丈夫だよ。そういうのじゃないから。それに、ちゃんとお母さんにも了解とって行ってるんだし」

「そうだけど……」

雫の様子に陰りがあったのは、きっとこのためだろう、と合点がいった。「何かあったとき」と言って交換した電話番号。その意味を考えると、今ならとても那沙を星見に連れて行こうなどとは思えない。その〝何か〟は、おそらく秀星が一年前、祖父太陽が急逝したときに経験したことだ。

「あー、そういう顔やだ。だから黙ってたんだよ。大丈夫だよ。そんな心配するようなもんじゃないから！」

「あ、いや」

自分がどんな顔をしているのか、わからない。

けれども、気持ちのいい顔はしていないんだろう、ということだけはわかる。

「……ねえ秀星くん、考えたことはない？　自分はいつ死ぬんだろう、って」

「え？」

唐突な問いに、秀星は戸惑う。

「今日かな、明日かな、それとも五十年後かな。病気で？　事故で？　事件かもしれないよね。そういうの考えたことある？」

かなり深刻な話題を振ってくるが、那沙は笑顔だ。いつもの朗らかな口調で、まるで世間話でもするように秀星に語りかける。

「いや、考えたことはないな。確かに、去年じいちゃんが突然死んじまったときには、少し考えたかもしれない。でも、日常でそんなこと……」

「だよね」

那沙は秀星を肯定した。秀星だけでなく、おそらく、誰もがそんなことを考えずに生きているだろう。日々の勉強や労働の忙しさに翻弄されて、普通はそれどころではない。

「でもね、あたしは考える。あと何年生きられるのかな。明日で終わるのかな。それとも、五十年後があるのかな、とかね」

那沙は自分の病気についての詳細は何も言っていない。しかし、今のところは秀星の想像でしかないとはいえ、ベッドの上、そして、循環器病棟、ということを考えれば、那沙の言葉は重かった。それでも、那沙は努めて明るさを崩さない。

「あ、あたしが何か重い病気とかそういうんじゃないからね？　だって、どんなに健康な人でも、明日には事故で死んじゃうかもしれないじゃん。そういう意味で、言ってるの。ただ、あたしはまあ、ちょっと体弱いとこもあるから、人よりその可能性は高いかもなって。その程度だよ」

秀星が絶句しているのを見て取った那沙は、慌てて言いつくろう。

「だから、秀星くんが見せてくれる宇宙は素敵だなって思う。あの、どこまで続いているかわからない空の先の宇宙、素敵だよ。この前の土曜日、宇宙の音が聞こえたじゃん」

「あ、ああ」

「あれね、生きてるって感じがした。宇宙のすべてが生命で繋がってるって感じがした。宇宙の鼓動が聞こえたもん。だから、余計にやっぱり名前を残したいな。あたしがこの宇宙にいた、って証を」

ここにいた証。宇宙にいた証。壮大な話になっていた。

そしてそれも、言ってしまえば、広大な宇宙にぽつんと佇(たたず)む地球というちっぽけな世界でしか認められない呼称に過ぎない。

ただ、それでも小惑星に名前が付けば、その名は永く残る。星と共にずっと宇宙を漂い続けるだろう。それは、那沙の言う、『宇宙にいた証』となるのかもしれない。

小惑星を見つけるのは至難の業だ。だが、不可能ではない。

秀星の中で何かが湧き上がってきていた。

忘れていた魂。新しい天体を見つけようという、祖父と目指していたその瞬間をもう一度、という思いが。

「那沙ちゃん」

「ん？」

「ちょっといろいろ驚いて整理がつかないけど、身体は大事に。今日は突然来てごめん。そろそろ帰るよ」

「そっか」

那沙は秀星を引き止めはしなかった。那沙は知っている。自分の病が重いことを。そして、その重さに耐えられる『他人』を見たことはなかった。

「……よかったらまた来て。あ、食事制限はないから、お見舞いはケーキとかがいいな」

穏やかな声で、那沙は言う。いつもの朗らかさからすれば、それはあまりにも静かな声音だ。

「ああ。じゃあ、また」

秀星は目を合わすことができないまま、踵を返した。

「バイバイ、秀星くん」

廊下に出て扉を閉める瞬間に、そう聞こえた。

おはよう、こんにちは、バイバイ、ひさしぶり、挨拶はいろいろある。

バイバイ、は、別れの言葉だ。それは、再会を前提とする場合と、しない場合がある。

秀星は、その言葉の重さにしばらくそこを動けなかった。そして、もう一度扉を開く勇気も、もうなかった。

七月二十三日、水曜日。

昨夜、秀星は何もできなかった。

小惑星捜索システムの構築を進めたいと思いながらも、身体も頭も動かなかった。

昨日の那沙とのやり取りが、ずっと脳裏を巡っていた。

十五歳という若さで、明日の命を考える。そんなことは、秀星には及びもつかない。

秀星とてまだ十九歳。大人たちから見れば那沙と大して変わらない若さだ。自分に明日がないなど考えたこともなかった。

だが、那沙は明日を計って生きている。

病状は重くないから大丈夫、と言われても、ああそうか、と応じるような雰囲気ではなかった。少なくとも秀星はあのような場面で気の利いたことを言えるような胆力はない。

別れ際の『バイバイ』が耳について離れないまま、朝を迎えてしまった。

たった二週間。ここで関係を断てば、その後のことは何も考えなくてもいい。今までどおりの日常が帰ってくるだけだ。今日以降、那沙という存在を考えなければいい。

けれども、それは無理だ。

ある日突然、目の前に現れた少女。星になりたい、と言う彼女は、秀星に再び新天体捜索への憧憬と情熱を甦らせようとしていた。

「俺には多分、向き合う義務があるな」

秀星はもう一度、足を運ぼうと決意する。

「その前に、やることがあったか」

お見舞いにはとびきり美味しいケーキを持って行ってやる。まずはその店を探さなくてはならなかった。


午後、面会可能時間になった頃合いを見て、秀星はもう一度、那沙の病室を訪れた。扉を開けるのに少しの勇気がいった。

ノックをすると、どうぞ、と、声がする。那沙の声ではなかった。

「あ、えっと、雫さん？」

秀星の訪問に、雫は驚いた顔で動きを止めていた。まったく予期していない来訪者、という感じだった。

「これは……あの、どうして？　那沙から？」

「あ、いえ、昨日その、たまたま……」

どうやら那沙は、昨日秀星が来たことを雫に伝えていなかったようだ。秀星も経緯を上手く説明できないが、雫はことさらに突っ込んできたりはしなかったので、それはそのままにしておいた。

「あ、あの、那沙ちゃんは？」

ベッドの上には誰もいない。きれいに畳まれた布団だけがある。いやな想像が一瞬だけ脳裏を駆け抜けたが、雫の言葉がそれを打ち消した。

「今、検査に行ってます。もうすぐ帰ってくると思いますので、お待ちいただければと」

「あ、そ、そうですか」

思わずその後に、よかった、と言いそうになって飲み込んだ。

さすがに那沙を介さずに雫とふたりきり、となると会話が続かない。秀星は椅子に座ってじっとしているしかなく、雫はベッドの周りを片付けたりしていた。そうこうしているうちに、看護師に付き添われて那沙が帰ってきた。車椅子に乗っていたので、秀星はちょっとぎょっとする。

「あれ、秀星くん。また、来てくれたんだ」

秀星の顔を見るなり、那沙は少し驚いたような口調で言った。最初は戸惑っているようだったが、それは、ゆっくりと微笑(ほほえ)みに変わった。

「ああ、ケーキ持ってきたぞ」

「お、やるじゃん、秀星くん」

すぐにいつもの調子に戻る。しかしそこで気づいた。

雫がいる計算をしていなかったので、ケーキはふたつしかない。箱を開ける前に気づいたが、さりとて、このまま開けないわけにはいかない。

「せっかく秀星さんが来てくれたんだし、ゆっくりお話ししなさい、那沙。私は先生の所に行ってきますから」

一瞬挙動不審になった秀星を慮(おもんぱか)ったのか、雫はそう言って病室を出て行った。

「あっちにお皿とかあるから」

ベッド脇の、床頭台(しょうとうだい)と呼ばれる袖ワゴンの中に、紙皿やプラスチックのフォークなどが入っていた。

「へえ、これ、けっこう有名なお店のやつじゃん？」

「知ってんのか」

「そりゃ、おいしいもの情報はチェックしてるよ。でもなかなか行けなくてさ。ありがと」

美味しそうにケーキをパクつく那沙は、やはり重病人には見えない。いや、那沙から正確な病状などは聞いていないので、重病人と決めつけるのはおかしい。それでも、この病棟の診療科目、循環器という言葉は、すぐに良くないイメージに繋がってしまう。

「すぐ退院なんだろ?」

希望的観測を持って聞いたが、返事は芳しくない。

「うーん、どうかな。一週間くらいだとは思ってるんだけどね。いつもそんなくらいだし。でも、あたしにはわかんないんだ」

いつもそんなくらい、という言葉に、秀星は初めてではないとすぐに気づく。

「そうか。じゃあ、写真持ってこようか? この前の網状星雲の」

「撮れてた?」

写真の話を振ると、那沙の顔がパッと輝く。

「ああ、よく撮れてた。処理も上手くいったから、初めてにしちゃ上出来な感じだぜ」

「そっかそっか、でも、あたしが天文台に行って見るまで、持ってこなくていいよ」

「いいのか？」

すると、那沙はあっけらかんと言う。

「うん。約束は多い方がいいの。約束の日まで、頑張ろうって思えるから」

「おいおい」

まるで本当に明日にでも命の灯が消えてしまいそうなことを言う。

「あ、ごめんごめん。こんな言い方は心配しちゃうよね。大丈夫だよ。でも、昨日も言ったじゃん。いつ死ぬかわかんないのはみんな一緒だって。でも、病は気からとも言うじゃん？　だから、楽しいことといっぱい予定しとけば、その日までは大丈夫な気がするんだ」

それなら、約束をしよう。秀星は提案する。

「よし、じゃあ、ペルセウス座流星群を天文台で見よう。約束だ」

「ペルセウス座流星群？」

「毎年八月十二日から十三日にたくさん流れる流星群だ。今年は条件が悪いけど、それなりに流れ星が見えるはずだ。天文台で見るなら、那沙ちゃんの負担もそんなにないしね」

それに、あそこにはＡＥＤや緊急通報装置がある。太陽のための設備だったが、思わぬところで役に立つ。いや、使わないに越したことはないが、ないよりある方が安心だ。

「八月十二日か。うん、いいよ。いくらなんでもそれまでには退院できるよ。へへ、楽しみだなあ」

うーん、とベッドの上で背伸びをする。

那沙も、秀星も、なんとなく病気の話には触れずに、この日は談笑して終えた。

「じゃ、またね、秀星くん」

今日はバイバイ、ではない。今日は満面の笑みで送り出してくれた。昨日生じた小さなわだかまりは解けたような気がした。少し晴れやかな気持ちになってエレベーターで一階まで降りてロビーを出ようとしたとき、秀星は呼び止められた。振り返ると、そこに雫がいた。

お話があります、と声をかけられ、秀星は雫と病院併設の喫茶店にいた。どうやら雫は病室を出た後、秀星の帰宅時をずっと待っていたようだ。

「昨日今日と、ありがとうございます。きっと那沙も喜んでおります」

「は、はあ」

そんなことを言うために捕まえたのではないだろう。これは話の導入に過ぎない。

「その、那沙のこと、何か本人から聞いていますか?」

「あ、いえ、とくに」

実際、何も聞いていない。

ただ、あの薬のカラを見たことで、那沙の病はおそらくは心臓に関するもの、という想像がついている。しかし、それを本人に確認するのは怖いし、できない。

「そうですか……でも、あなたは何か気づいていらっしゃるのでしょう?」

探りを入れられているようにも感じる。秀星は口を開いた。

「天文台に、薬のカラが落ちていました。すみません、その薬の名前を調べて……それで、昨日たまたま大学に来た帰りに、雫さんがここから出てくるのを見かけて、いろいろ繋がってしまって……俺……あ、いや、僕は、ここの理学部の学生で……」

しどろもどろになりながら、自分が病院に来た理由を話す。うまく伝わっているか自信はないが、雫は静かに聞いてくれた。

「では、お話ししておいた方がいいかもしれませんね。那沙には私から話を聞いたことはまだ言わないでくださる、とお約束いただけますか？」

「は、はい」

秀星は居住まいをただした。もしかすると知らない方が良かったことなのかもしれない。でも、それならば、今日来なければよかっただけの話だ。

しかし、秀星にその選択肢はなかった。そして、今日の行動で『バイバイ』を『またね』にすることができた。ならば、これから雫の口から語られる現実に向き合わねばならない。

「あの子は、生まれたときは全くの健康優良児でした。ですが三歳のころ、突然心臓の病が発症したのです。一時生死をさまよい、十歳までは生きられない、と言われました」

雫の話は衝撃的だった。

十歳の余命宣告を生き抜いた那沙だったが、その時点で両親と医師は、那沙にすべてを話すことを決めた。那沙は、黙って受け入れたという。

幼いころからずっと病院通いで、他の同級生たちと自分は違うのだろう、と察していたらしかった。

「那沙は言いました。『じゃあ、急いでいろいろやらないとだね』と。その当時、次は二十歳までと覚悟してください、ただし、突然死の可能性はあり得ます、と言われて……」

たった十歳にして自分の余命を——不確かで、場合によれば短縮されるかもしれない命の期限を受け入れた那沙。胸中を想像するといたたまれない。秀星は思わず、拳を強く握りしめる。

「彼女は、全部知ってるんですね……」

「はい」

雫の返答は短かった。

「そんな……」

天文台で初めて出会ったとき、人懐っこい笑顔で話しかけてきた。

写真を撮りに行った夜も、何もおかしな様子は見せなかった。

だが、嘘や勘違いや何かの間違いではない。これが、現実なんだ、と思い知らされる。

「現在の那沙は小康状態を保っています。ですが、この前の日曜日、突然発作を起こして倒れました。自宅だったのですぐに心臓マッサージをしながら救急隊を待つことができましたが、あれが、外だったらと思うと……」

雫も救命講習を受けているらしかった。身内が重い病を持っていれば、自然とそうなる。秀星とて同じだ。

「幸い救急車が来る前に意識を取り戻しましたし、今はあのとおりぴんぴんしています。ですが、心臓疾患の突然死は、若い方がリスクが高い、と先生にも言われていて……」

「あの……那沙ちゃ……那沙さんの心臓はそんなに……」

突然発作が起こるような状況だと、どんなに取り繕ったところで、良い状況とは言えない。心臓疾患を持っていた祖父を送った経験のある秀星ならば、すぐに想像できる。

「今は投薬が功を奏して元気に見えますが、根治には、心臓移植しかない、と」

「心臓移植……！」

まるで雷に打たれたかのように、身体全体が震えたのがわかった。

心臓移植、その言葉が既に那沙の重篤さを物語っている。秀星とて、心臓疾患の治療について何も知らないわけではない。それは、祖父太陽が高齢のために選択しなかった治療法のひとつでもある。

日本は医療水準の高い国だ。だが、臓器移植に関しては出遅れたと言われている。

特に心臓移植に関しては、一九六八年の和田移殖と呼ばれる国内第一例目の心臓移植において、世の中の理解が得られず、医師が殺人罪に問われる（のち不起訴）ということがあってから、およそ三十年にわたってその道が閉ざされてきた。ようやく一九九〇年代に入って臓器移植関連法が整備され、国内第二例目の心臓移植は一九九九年に行われた、という状況で、他国に大きな後れを取っていた。だが、その後は飛躍的に術例が増え、小児では十年生存率も九十六パーセントと、非常に高い成功率を誇るまでになった。とはいえ、危険がないわけではないし、感覚的に一度心臓を取り出し、付け替える、という行為はある種の恐怖を覚えるものでもある。

そして、那沙の場合はさらに問題があった。

「それで、移植はするんですか……」

それで助かるなら、と、だれしも思う。

だが、モノは心臓だ。想像力がよほど欠如した人でない限り、その提供者は既に亡くなっている人だ、ということは理解できる。

これは、片方だけ残しておけば機能を維持できる腎臓移植や、生体肝移植のように、健康な人から一部だけ移植して機能を改善させる他の臓器移植とは、根本的に性質が違う。

つまり、那沙の治療には、人ひとりの命が失われた結果が伴う、という動かしがたい現実がある。

「もちろん、レシピエント登録はしております。ですが、那沙を見ていただければわかりますとおり、あの子は平均的な十五歳より、明らかに体格が小さいのです」

「あ……」

初めて会ったときに、中学生じゃないか、と思った。

十五歳の女子の平均身長はだいたい一五八センチほどだ。だが、那沙は明らかにそれより十センチ近くは低く見える。

「先生が言うには、幼いころからの循環器障害で発育が遅いんだろうと。今後成長が進むかどうかも含めて経過を見なければ、ということもあるのですが、那沙の病状は待ってはくれません」

「そんなに、ひどいんですか……」

心臓移植、という選択肢が提示されている時点で、その病状は最終期に当たる。

それ以外の内科外科療法ではこれ以上の改善が見込めない、ということになる。

いわば、最後通告に等しい。

そして、移植する心臓が出てこない場合、待っているのは死という現実だ。

だから、秀星の問いは的外れと言えなくもない。それでも、そう訊くしかなかった。

「もう三年待機しています。通常の待機期間の平均を超えています。それには、あの体格に合う心臓がなかなか出てこない、というのもありますが……運が悪いとしか言えないところもあって。そこに来て今回の発作です。私も先生も、那沙に決断をしてもらわなくてはならないのですが……」

決断、とは何か。秀星はさらに胃の腑に重いものを感じた。

心臓疾患に関しては身近で祖父を見ている。仮に心臓移植を考えるような容態でも、投薬によっては健康寿命が長く保てることがある。太陽の場合は高齢であり、余命のクオリティ・オブ・ライフ——人生の質の向上のために、あえて投薬での安定を選んだ。

太陽の場合、それは正解だったのだろう。

しかし那沙はまだ若い。そこに関わる決断とは何か。

「聞かせていただいていいですか」

正直に言って聞くのは怖かった。しかし、秀星にとって那沙は、もはや見ぬふりをできない存在になっていた。来月の十二日には流星群を見る約束をした。多くの健康に生きる人には、その日は問題なくやってくるだろう。しかし同時に、『誰だっていつ死ぬかわからない』という那沙の言葉も、また事実であり、那沙はその近くに立っている。

「補助人工心臓、というのをご存じですか？」

「……聞いたことはあります」

太陽の治療にも含まれていた。だが、心臓移植と同様に年齢的な体力を考えて除外されたものだ。

「今後の待機時間を比較的安全に過ごすために、主治医の先生から装着を促されているのです。これを着ければ、少なくともこの前のような突然の発作の危険はかなり減りますし、心臓の負担を軽減できるのです」

「だったら、もう迷ってる時間はないんじゃないですか？」

それで比較的安全に延命ができるのであれば、選択肢はそれしかないように秀星には思える。ただ、雫の表情は暗い。

「いくつか問題があるのです。まず、先ほどの体格の問題です」

補助人工心臓にはふたつの種類がある。体外式と埋め込み式だ。

大人であればほとんどの場合、埋め込み式を選択し、多少の不便はあるものの日常生活を送れるまでに状態は改善され、待機時間の生活水準は飛躍的に向上する。

だが、小児用補助人工心臓は、体格の問題で埋め込み式ではなく体外式となる。

この場合、心臓を補助するための作動ユニットは大きな設置式のものとなり、必然的に病院のベッドの上での適切な管理が必要とされる。つまり、延命は可能でも生活水準の大幅な改善は見込めない。那沙の場合は、むしろ制限されてしまう。

「那沙はあの通り小さい身体です。解剖学的理由とかで、体外式の選択肢しかありません。那沙はそれを嫌がっています」

選択肢のない答えを、那沙は拒否していた。

秀星は愕然(がくぜん)とした。

生きていればこそのチャンスだろうに、どうして、と思わざるを得ない。ただ、これは第三者的な無責任な発想だ。本人の負担というものは、本人にしかわからない。

「去年までなら、保護者の私の判断が優先される可能性もありました。ですが、あの子はもう十五歳です。法的には、本人の理解と承諾がなくては、たとえ親といえども強行はできないのです。そして、私たちは那沙の意思を尊重することにしました」

雫は静かに事実を述べた。

十五歳は子供だ。親の保護下にある。

だが、一方でそれ相応の判断力や価値観を持っている。移植治療においては、生命倫理の観点からも十五歳以上に関しては本人承諾を必須としている。

そして、那沙はその意思を示しているという。

「秀星さん、あなたにひとつお願いがあります」

「な、なんでしょう」

伏せがちだった目線を、雫は初めて正面から秀星に向けた。

「ご迷惑は承知です。もし、可能であれば那沙のわがままにお付き合いいただければ、と私たちは思っております」

「え？」

予想外の申し出に、秀星は驚く。

てっきり、これ以上那沙を連れ出さないでくれ、という話になると思っていた。

この発作が一日早く起こっていれば、出先で、しかも山奥で、那沙は命を落としていたかもしれない。事情を知らなかったとはいえ、もしそうなっていたらと思うと背筋が凍りそうだ。

しかし那沙は行き先を雫に告げて出てきている。雫も承知で送り出した。

『ちゃんと帰ってくるから』

那沙が家を出るときに口にした言葉の重さを、秀星はやっと正しく理解した。

那沙は常に自身の命と向き合い、最期の時間をどこで過ごすのか考えている。

「彼女と、流星群を見る約束をしています」

秀星は、雫の眼を見返して告げる。

雫は静かにうなずいた。

この日から始まるのは、秀星と那沙の、まさに〝人生を賭けた戦い〟だ。

秀星も那沙も、まだそれを知らない。

雫に那沙を託されてから数日、ＬＩＮＥでやり取りをしたり、お見舞いに行ったり、という日々が続いた。

那沙の容態は見た目には安定していて、すこぶる元気に見える。

ふたりで会っていても、病気のことは何も言わない。そこはお互いの理解が成立していて、あえて踏み込まずに平常を保とうとした結果だった。

那沙には病気があって入院をしている。秀星はそれを理解している。

今はそれでいい。

何より、那沙の笑顔を見ることが、秀星のモチベーション維持に役立っていた。

「システムはこれでいいはずだな。試験撮影に入るか」

秀星は那沙が入院している間も毎日天文台に入り浸っていた。なまじ普通の家と同じ設備が整っているので、生活の基盤もほぼここに移してしまっていた。祖母が待つ自宅に帰らない日も増えていたし、祖母もそれに何か言うことはなかった。

ここは祖父太陽の城で、遺産。言い換えれば、秀星が今やろうとしていることは、その後継者としての責務でもあった。

一年間、目を背け続けていた現実に向き合おうとしている。それは、心理的葛藤と痛みを常に生み出すが、那沙の笑顔が苦痛を打ち消してくれるようになっていた。

満彦から小惑星の軌道に関する知識やデータをもらいながら、望遠鏡をシステムコントロールするための自動撮影プログラムを組んでいく。

考え方はシンプルだ。

太陽系内の天体は基本的には天空にある黄道付近を移動していく。未知の小惑星もここにある可能性は高い。

だが、明るい天体は既に発見されつくしている。となると、必然的に秀星たちアマチュアのハンターが狙う天体は、まだ発見されていない暗いもの、ということになってしまう。

そこで、天文台にある四十五センチのリッチークレチアン式望遠鏡が威力を発揮する。

F４の光学系なので、焦点距離は一八〇〇ミリ。取り付けられているカメラのセンサーはマイクロフォーサーズというサイズで、撮影される画像は、画面いっぱいに月が写って、上下が少し見切れるくらいだ。

集光力は四一三二倍。つまり、人間の瞳より四一三二倍の光を集めることができる。

眼視で見ることができる限界は約十六等星だが、写真であれば空の状態にもよるが二十等級以下の天体も写し取ることができる。これは小惑星捜索には強い味方だ。

秀星は天空上の太陽の通り道である黄道を基準に撮影画角を設定していく。

もっとも空の状態が良い南中前後の空を中心に少しずつ画角をずらして撮影する。同じ撮影位置を時間をおいて複数撮影し、また次の南中した星座を同じ方法で撮影する、というプログラムを組んだ。

ここにもし小惑星が写れば、移動天体として検出される。

あとは、それらが既知のものか未知のものか、という同定作業だが、そこは満彦にデータを送って対応してもらうことにした。

満彦からすれば、自分のシステムの試験を兼ねる、ということらしい。「Ｗｉｎ－Ｗｉｎだから気にするな、焼肉は奢(おご)れよ」とのお言葉だ。

それらの試行錯誤で、数日があっという間に過ぎて行った。

ようやく試験稼働にこぎつけたのが、七月二十六日の夜だ。

那沙から『月曜日に退院だよ』というＬＩＮＥが来た日でもあった。

七月二十六日、土曜日。新月。

秀星はいよいよ新システム、小惑星発見自動撮影の試験を開始した。

那沙といくつかＬＩＮＥのやり取りをし、ひとまずの退院を喜び合って、月曜日に迎えに行くことを約束した。

那沙にはまだ小惑星捜索の開始を伝えていない。できれば、見つけて驚かせてやりたいところだが、さすがにそう都合良くはいかないだろう。

ただひとつ言えることは、今望遠鏡が向いている方向のどこかに、必ず新しい小惑星はいるだろう、ということだ。

小惑星の数は膨大だ。観測技術の進歩によって、新発見される数は毎年増えている。それでも、まだ未発見のものの方が多いゆえに、いつ地球への衝突コースを取る小惑星が見つかるかもわからず、その発見に尽力する観測チームが世界中にあり、満彦の研究もいわばそうしたチームの一端だ。

つまり、いかに難しくても発見の期待は常にある。今日にでも見つかるかもしれない、というのは多くのハンターに共通する想いだ。

秀星はシステムの最終チェックを済ませ、望遠鏡を動かし始める。

エンターキーを押すと、指定した方向へ望遠鏡が動いていく。撮影は自動で開始され、数分の露出を繰り返しながら、望遠鏡は目で見てもわからないくらいの微動で撮影領域を細かく区切っていく。

その間、秀星にやることはない。

捜索は望遠鏡に任せて、階下のリビングで那沙の病気について調べていた。

彼女の具体的な病名はまだ知らない。雫もそれは言わなかった。だが、心臓移植が必要な病気、となると、限られている。

大抵は重篤な心機能の低下を伴うもので、心筋症や虚血性心疾患などが上げられる。

那沙の様子を知りつつそういった文献を読んでいると、那沙は元気に見え、心臓移植以外に改善が見込まれない重篤患者には見えない。

それでも移植が必要、と主治医が言うからには、見かけだけでは判断できない状況があるのだ。

それを承知で、雫は那沙を秀星に託す。ベストは無理でもベターは尽くしたい。医者でないなりに秀星にできることは知っておきたかった。

幸いと言えば秀星には救命救急措置の心得があり、ここには備えがあることだ。

那沙の病気を知った以上は、もうこの前のように山奥の星空を見せに行くことはできない。本人が見に行きたい、と言っても秀星が行けないだろう。ここがふたりの拠点になるのは間違いなかった。

そう思い至ってふと考えた。それでも雫は送り出したんだな、と。

自分なら怖くてできないし、雫にとってもそうであったに違いないのに。

そこまで考えて、秀星は首を振った。

那沙が来られなくなってから、秀星はひとりで天文台にいる。太陽がいなくなり、一年ぶりに来た。

一年前、ここで過ごした日々には太陽がいた。太陽がいなくなり、一年ぶりに来たその日から那沙はいた。那沙は秀星の心にいつの間にか寄り添う存在になっていた。

この夜はいくつかの小惑星らしき光跡を撮影で捉えた。すべて既存の天体だったが、システムは正常に稼働することが確認された。

「いよいよ、だな。頼むぜ相棒」

秀星の静かな戦いが始まる。那沙も戦っている。ふたりの戦いは、きっとこの宇宙に繋がっていくと、秀星は信じていた。

七月二十八日、月曜日。

那沙の退院の日だ。秀星も迎えに行く。雫も当然、退院手続きのために来ていたが、那沙が秀星といたいなどと言い出したので、那沙は秀星の車の助手席にいた。

「退院したばっかりでどこか行きたいとか、正気の沙汰じゃねえ」

「えー、だって、入院中暇だったんだよ。ネット見るか本読むかテレビ見るかしかやることないし。元気で入院って退屈だよね」

元気で、と那沙は言う。もちろん、それは裏に何かを隠しての元気である。

入院中からふたりの間には暗黙の了解があった。

那沙は今までどおり振る舞うし、秀星も那沙の病状を問い正すことはしなかった。とはいえ、秀星は万が一を考えて車に携帯型のＡＥＤを持ってきていた。天文台にあったうちのひとつだ。これがひとつあるだけで安心感が違う。雫にはその旨を伝えてあったので、今那沙がここにいることを許されているという側面もある。

「天文台に連れてってよ。写真見せて」

入院中からの約束だ。道中はたわいのない話をしていた。星や宇宙に関する話題が必然的に多くなるのは当然だったが、那沙の知識は飛躍的に増えていた。入院中もいろいろ読んでいたらしい。

宇宙というのは不思議なものだ。

日の出日の入りから始まり、ナビに使うＧＰＳや、携帯電話の電波や、ありとあらゆるものが宇宙と地球の物理法則に支配され、利用されている。現代社会では宇宙と生活には本当は密接な関わりがある。ただ、日常でそれに気づかないだけだ。

那沙は宇宙への興味の入り口にいる。これから沼へ分け入っていくのか、秀星はその導き手になれるのか、などと、久しぶりの那沙との濃密な時間を楽しみながら、秀星はハンドルを握っていた。

この時間が、ずっと続けばいいのに、と願いながら。

「わあ！　綺麗に撮れてる！」

モニターに映し出された網状星雲の写真を見て、那沙は大はしゃぎしていた。

星が超新星爆発を起こし、その残骸が広がった姿だ。網状星雲としてはもう散々撮り尽くされている構図ではあるが、やはり、自分で撮影に関わったものを見るのは感動もひとしおだろう。

「ほら、小さいけどパネルにしといたから、記念にあげるよ」

「うわ、凄い。こうやってプリントするとまた格別だね！」

「そうだろ？」

「ありがと！　部屋に飾るね！」

那沙の喜ぶ顔は秀星の力になる。最近それを強く感じるようになっていた。

彼女の曇った顔は見たくない。だから、秀星は前を向こうと決めた。この先何があろうと、もう後ろを見て立ち止まるのはやめようと。

「ねえ、今度はもっと自分で撮ってみたいな。あのときはシャッター押しただけだから。今度は自分で天体選んで、構図も決めて、いろいろ全部自分でやってみたい！」

那沙の好奇心に火が付いたようだ。秀星も協力を惜しむつもりはない。

「じゃあ、望遠鏡の使い方からレクチャーだな。いろいろめんどくさいぞ」

「大丈夫だよ。あたし、頭いいから！」

「自分で言うな」

「あ、その目は信じてないな？　すぐ覚えてやるんだからね」

今日は天気も良く月もまだ大きくはない。絶好の星見日和になるだろうが、ブーブー言う那沙をなだめてこの日は家に送っていった。さすがに退院初日から夜遊びはまずい。

ついでに言うと、もう少し小惑星捜索システムの微調整をやりたかった。いずれ那沙にばれるだろうが、そのときには胸を張って、『これで見つけてやる』と言える状態にしておきたかった。

秀星には今、そんなことでしか那沙を応援できない。それをもどかしく感じることもある。それでも、できることをやる時間があるのなら、それは、やるべきことなんだ、と、秀星は黙々とトライ&エラーを繰り返す。

一晩で何も写らない日もあるし、既存の小惑星が写ることもある。

同定作業はデータが増えるごとに早く正確になっていく。満彦も秀星と同じようにトライ&エラーを繰り返して精度を上げてくれている。

いずれ、満彦にも那沙のことを言おう。この夏、やるべきことは、山のようにある。

夜、雫からお礼とお願いの電話があった。

「那沙はあなたに天体撮影を習うと言っています。ひと夏になるかもしれませんが、どうかよろしくお願いします。それと、那沙の友人になってくださってありがとうございます」

精一杯、やらせていただきます。

秀星はそう返事することしかできなかった。

希望と期待と不安、そして絶望。それはまるで七夕伝説で彦星と織姫を分かつ天の川のように、秀星と那沙の間に立ちはだかっている。

八月が、もうすぐやって来る。

第三章　カササギが架ける橋を求めて

那沙は毎日、天文台に来る。

といっても、以前のような電動自転車でではない。送り迎えをしているのは秀星だ。雫にも伝えて、那沙が天文台に来る日は必ず送迎をするようになった。

那沙は、それを素直に受け入れていた。

入院を知られてからの那沙は、秀星と一定の距離を保っているようだった。

相変わらずふたりの間で病気のことが話題に上ることはない。

もっぱら、那沙の新しい興味である天体写真の話が多かった。

「お父さんにカメラもらったんだよ」

「ほう、けっこういいカメラだぜ、それ」

「あたしにあげるっていう口実で、新しいの買うんだって言ってた」

「あ、なるほど。わかる気がする」

月はだんだん大きくなる時期なので、あまり本格的な撮影はできないものの、望遠鏡の組み立て、セッティング、天体の導入から撮影の基本的な技法など、毎日少しずつレクチャーしていると、那沙の頭の良さがわかる。那沙は秀星が教えたことをイメージトレーニングで反復復習してくるのか、呑み込みがものすごく速かった。星の知識の吸収も早く、興味を持ったことにのめり込んで習熟していくことに長けているように思えた。

那沙は、生き急いでいるようだった。

心臓の疾患というのはダイレクトに命の危険に繋がる。身近に太陽を見てきた秀星は、それをよく知っている。

何の因果か、今度は自分より年下の少女が、その危険と隣り合わせで自分の側にいる。

運命論者ではないが、そこに何か神秘めいたものを感じてしまう。

「ねえ、この望遠鏡と天文台の望遠鏡って、形が違うよね。何が違うの？」

「ああ、この小さいのは屈折望遠鏡、あっちは反射望遠鏡の一種で、リッチークレチアン式っていうやつ。望遠鏡にはいろんな種類があって、用途によって設計も大きさも変わってくるんだよ」

「ふーん。大きい方が良く見えるんだよね？」

「もちろんそうだけど、大きけりゃいいってもんでもなくて、地球の大気の影響を考えると、その辺のバランスは難しいかな」

「へー。じゃあ、この前、網状星雲撮ったのも屈折望遠鏡だよね？」

那沙はいろんな疑問を自分で見つけ、その答えを秀星に求める。

たまに、秀星も答えに詰まるような質問もあり、ちょっと時間をくれ、などと言うこともあった。

どんどん会話の内容はディープになっていく。その時間が、たまらなく楽しく、日々はあっという間に過ぎていった。

気が付けば、八月十二日火曜日、ペルセウス座流星群の日を迎えていた。

この日の月齢は十八・三。満月を少し過ぎた大きな月がほぼ一晩中天空を照らし、星を見るには不向きな夜だ。

それでも、ペルセウス座流星群の極大日(きょくだいび)は、世界中の多くの人々が宇宙を見上げる稀有(けう)な日でもあった。

秀星と那沙は天文台の外に立ち、見晴らしのいい丘から日没を眺めていた。

「今日、流れ星見えるかな？」

「月は明るいけど、それに負けないやつが流れるだろうさ」

「楽しみ！　あたし、流れ星のおっきいのはちゃんと見たことないんだ」

「まあ、空を見上げない人たちにとってはそうだろうな。なかなかきれいなもんだぜ」

「流れたら、お願いしなきゃね」

太陽が地平線に沈み、徐々に星が見え始める天文薄明の時間を迎えた空を眺めながら、えへへ、と那沙は笑った。

その願いは何だろうか、と秀星は空を眺める那沙の横顔を見ていた。

那沙は常に笑顔だ。憧憬の光を宿した瞳で、今見えている空のずっとずっと向こうを見ている。

秀星はその顔を見るのが好きで、そして、怖かった。

那沙が本当にどこかへ行ってしまいそうで、秀星の心を不安でわしづかみにする。

そんな秀星の不安をよそに、今日の空は夏には珍しいような透明度だ。白っぽさもなく、徐々に日が沈んで、幻想的なグラデーションを見せていた。護摩壇山のときもそうだったが、那沙といると透明度の高い空に出合うことが多いような気がした。

「この瞬間、凄く好きになってきた」

「いい傾向だ。立派な天文家沼へまっしぐらだな」

「誰が沼に落としてるのかなあ？」

「那沙ちゃんが自分で飛び込んだんだと思うけどな」

「あれ？　そうなのかな？」

那沙は自分の行動を思い返しているようだ。うーん、と悩んだようなしぐさをしているが、しばらくして「確かにそうかも」とうなずいた。

「でもきっかけは、公民館の観望会かな。あそこで出会ったのが秀星くんだったからだよ。だから、秀星くんにも責任を取ってもらわないとね」

「責任って言われてもな」

とはいうものの、その責任を取るべく、秀星のシステムは稼働を始めていた。

三日前から試験稼働を終えて本格稼働に入っている。

だが、まだ那沙には小惑星捜索を始めたことは言っていない。今日もタイミングを見てドームを開き、システムを稼働させるつもりだが、できればもう少し黙っておこうと思っていた。

「ね、流れ星っていつから見えるの？」

「まあ、完全に暗くなればちらほら流れるだろうけど、本格的に流れ始めるのは夜中すぎてからだな」

流星群には輻射点と呼ばれる、出現中心点がある。ペルセウス座流星群の場合は、輻射点が昇ってくるのが深夜ということになるので、本番はそこからだ。ただ、今日はペルセウス座流星群が最もよく流れる極大日と言われる日なので、それを待たずとも散発的に明るい流星は流れる。

「何なら今のうちに少し仮眠しとくといいよ。夜中に起こしてやるから」

「えー、なんかすごくいい空なのに、もったいない気がする。起きたら曇ってた、とかない？」

「今日のレーダー見る限り、ひと晩中快晴だな」

「じゃ、信じて、ちょっと寝ようかな。寝不足はお肌に大敵だから」

ということにしておく、という感じで那沙は言う。

秀星は知っている。寝不足は心疾患の大敵であると。そして、那沙も多分知っている。

那沙が寝室に入るときに秀星が「もし何かあったら、ベッド脇のそのボタン押せよ」と言ったことにも「うん」と返事をした。暗黙の了解は機能していた。

寝室で那沙が仮眠している間に、ドームを開けて主砲を稼働させておく。あとは朝まで自動で撮影を繰り返すだけだ。

そして、ＡＥＤのバッテリーの充電を確認しておく。携帯型をドームの中にひとつ、寝室にひとつ、流星をみる野外にもひとつかばんに入れて持っておく。リビングには据え付けのものがある。寝室には緊急通報ボタンがあり、直結で救急に連絡がいくし、天文台全体に異常は伝達される。

太陽の城だったこの天文台には、その手の設備が整っている。まさに、那沙と一緒にいるのに必要なものが揃っている。さらに最善を手配しておくことで、不測の事態にも備えておきたかった。

「じいちゃんが、ぼっちの俺に余計なおせっかいしてるみたいだな」

太陽と遊びほうけていて、同年代の友人は満彦くらいしかいなかった。夏休みにも天文台に入り浸っていたので、祖母にはよく心配された。

今はかつての太陽が秀星であり、かつての秀星が那沙、というように立ち位置が変わっていた。それでいて、那沙は、秀星から見ればかつての太陽と同じ立場ともいえる。

「まったく、運命の女神様かなんか知らんけど、うまく組み合わせるもんだよ」

そう思わざるを得ない。

「さすがに、月は明るいな」

日が沈んでしばらくすると、満月とまではいかないが、まだ充分に明るい月が昇ってきた。輻射点であるペルセウス座が昇るころには、けっこう高い位置まで来ているだろう。

「いい流星が見えりゃいいけどな」

月明かりを縫ってでも見えるほどの明るい流星は、普段はあまり流れない。けれども、この流星群は別格だ。極大の最も活発な時間帯には一時間で六十個ほどの流星が流れ、火球と呼ばれる明るいものもそれなりに流れる。隕石(いんせき)になるようなものはまず出ないが、世界中で見れば年間に何例も隕石の落下はある。

地球は常に宇宙からの飛来物にさらされている、という現実も、なかなか普段の生活ではわからない。流星群の日は、もしかするとそれを最も身近に感じることができる日でもあるかもしれない。そして、隕石の大きさが巨大になれば、まさに小惑星の落下とも言えるものとなり、人類の絶滅にすらつながりかねない。

だからこそ、小惑星の捜索と発見には意義がある。

ただ、秀星にとってはそんな名目より大事なものがある。

那沙の名前を宇宙に上げる。それは人類が続く限り永遠に刻まれるものとなるだろう。

「那沙の生きているうちに、できれば」

周囲に誰もいないことを確認してから、思わず声に出した。

秀星は天文台のドームの中で、小惑星を見つけるために黙々と撮影を繰り返す望遠鏡を見ながら、祈るようにつぶやく。

「頼むぜ相棒。じいちゃんの夢、俺の夢、そして、那沙の夢。全部お前におっかぶせて悪いけど、一度はやれたじゃねえか」

機材は無機物だ。それでも使いこんでいれば愛着もわく。日本には付喪神(つくもがみ)という考えがあるくらいで、人は昔から道具に魂を感じてきた。太陽と秀星、二代にわたって星を探すこの望遠鏡には、きっともうすぐ魂が入る。それは、那沙の星を見つけたときだ。

那沙が眠っている間にも流星は流れるだろう。全天が写せる全周魚眼レンズを付けたカメラを一台、流星撮影用にシャッターを開けておく。明るい流星が流れればキャッチしてくれるはずだ。

時間は静かに過ぎていった。

星は日周運動で東から西へ回っていく。日が昇っても、空には星が瞬いている。太陽が明るすぎて見えないだけだ。当たり前のことだが、知らない人は気がつかない。

あるいは人生も、似たようなものかもしれない。

周りの光より明るく光れなかった人は、誰にも気づかれずその生を終えるのだろう。

だから、那沙は超新星に憧れた。秀星にもその気持ちはわかる。

功名心で新天体を発見したかったわけじゃない。それは、秀星と祖父太陽との間にある絆であり、ロマンだ。だが、ひとたび他者に発見を横取りされてわかった。

功名心で星を見ている奴が、間違いなくいる、と。

一度目を背けた世界を、再び覗くことができているのは、間違いなく那沙のおかげだ。ならば、秀星は全力で那沙の願いを叶えたい。彼女が星になりたいというのなら、秀星にはそれを叶えるだけの能力と環境がある。あとは、運だ。

見つかる時は、捜索を始めてすぐに見つかることさえある。石垣島の天文台で行われた高校生の体験企画で、ほんの数日の観測で新小惑星が発見されたことすらある。

運命の女神の襟首をひっつかまえてでも、それを見つけてやる。

行動しなければ結果はついてこない。那沙を見ていると、その勇気をもらえる。

午前零時になろうかというころ、秀星が起こす前に那沙は起きてきた。

「おはよー……?」

「夜中だよ」

「んー……顔洗ってくる」

寝起きは弱いのか、那沙はそのまま洗面所へ行って、顔を洗い始める。

秀星は那沙にタオルを渡すために、少し遅れてあとにつづいた。

「あ、いけない。薬だ」

突然そう言って那沙が踵を返したので、秀星は慌てて身を隠した。

(なんで、隠れてんだよ俺……)

考えるより体が先に動いてしまった。

那沙はいつも身に着けているポーチを持ってきて、ごそごそとまさぐると、薬を取り出した。

ザラリ、と洗面台の上に広げられた薬の量に、秀星は戦慄する。

この間見つけた薬のカラの比ではなかった。多分、薬が増えている。

「……時間、もうあんまりないのかなあ」

ひとつずつ包装から薬を外しながら、那沙は小さくつぶやいた。

秀星はたまらなくなって、その場をそっと離れた。

これが現実なのだ。那沙の命は、確実にすり減っていく。残された時間がどれくらいなのか、秀星にはわからない。いや、那沙にだってわからないだろう。ただ、そう長い時間はない。それが現実だ。

秀星の身体は震えていた。那沙を失うかもしれない恐ろしさに。

逃げるようにリビングに戻り、キッチンカウンターに手をついてかろうじて体重を支えた。

「じいちゃん……頼む、連れて行かないでくれ……」

お門違いはわかっている。だが、今は天国にいる太陽に祈るしかなかった。

「秀星くん、ごめん、タオル欲しい――」

那沙からの救援要請で、秀星は我に返る。

深呼吸をして平静を取り戻し、何事もなかったようにタオルを渡す。

那沙は、いつもの明るい笑顔の少女に戻っていた。

午前零時を回り、いよいよ本格的に流星が流れる時間だ。

ふたりは天文台の外に出てキャンプ用の断熱マットを地面に敷き、寝転がっていた。

流星観測はずっと空を見上げがちになるので、首が痛くなる。それを防ぐのが、この作戦だ。

「凄いね！　寝っ転がると、目の前が空しかないよ」

「こうやって見るの初めてか？」

「うん、初めて。だって、つい一ヵ月前まで、ここまで星見る機会なんてなかったもん」

星や宇宙が好きでも、実際に生で星を見る機会を持っているとは限らない。

子供のころから秀星も好きだったが、高校生くらいからが本格的な星見体験だ。

「なんか、宇宙に抱かれてる感じ。気持ちいい」

夏の蒸し暑い夜だが、標高がやや高めのここでは、そよそよと涼しい風が吹いて、ふたりの頰を撫でていく。

月明かりに照らされた那沙の視線は、やはり遠くの何かを見ているようだ。

「あ、流れた！」

すいっ、と、夜空に光の線が流れる。

「流れたよ、秀星くん！」

「ああ、俺も見た。まだそんなに明るいやつじゃないけど、そろそろ極大が始まるかな」

「あ、また！」

ここから数時間が一番よく流れる時間帯だ。

次第に流れる頻度が増えてきた。数分空を眺めていると、ちらほらと流れる。

そのたびに、那沙が歓声を上げる。

「あーっ！　凄い凄い凄い！　うわー！」

「おお、今のはでかかったな！」

かなり明るい火球が流れる。それは長い光跡を夜空に残した。

「あーん、願いごとできなかったよ！」

「凄いって三回言ってたから、凄いことが叶うんじゃないか？」

「あれ？　三回言ってた？」

「言ってた」

「そっか！　でもなかなかお願いごと言えないもんだね……うわー！　おっきいおっきいおっきい！」

また火球が流れる。

流れ星、特に大きい火球が流れたときの人の反応とはだいたいこうだ。冷静に願い事を言えるような人は、まずいないし、それはよほど滞空時間の長い火球でないと難しい。

ほとんどの場合、それは一瞬で天空を切り裂き、消えてしまう。

「あんなおっきいの初めて見たよ。すごいなあ」

「あれでも、本体はかなり小さいんだぜ？　大きくて数センチ、下手すりゃミリ単位だ」

「そうなんだ。じゃあ、暗いのとかはもっと小さいんだね。それでも、あんなに光るんだ」

那沙は、よっと、体を起こした。

「小さくても、ああやって最期に光って『ここにいるよ』って言えるんだ」

秀星も体を起こして、那沙の隣に座る。

「ねえ、小惑星じゃないけどさ、あの流星、あたしたちが見つけたんだよね。他の人も見てたかもだけど、もしかしたら見てないかもしれない。暗いやつとか特に。

それって、なんだか不思議な気持ち」

「確かに、そうかもな。その瞬間その方向を見てないと、見ることはできなかった。

そういう意味では、新天体の発見と同じかもしれない」

「あ、そうだね、ほんとだ。じゃあ、小惑星も見つけられるかな！」

息遣いが聞こえるほどの距離で、那沙が嬉しそうに秀星を見上げた。

実はその後ろの天文台では、今も小惑星を見つけるためのシステムが動いている。

今、それを伝えるときだろうか、と秀星は迷った。

だが、口をついて出たのは別のことだ。

「去年、第二報で見つけたって話、したよな」

「うん、聞いたよ。惜しかったよね」

「あれ、ほんとは第一報になるはずだったんだ」

「え？　どゆこと？」

秀星は、前には話さなかった、廣瀬による横取り事件について、口を開いた。

話すことで、苦い記憶がフラッシュバックする。

ひと言ずつ、振り絞るように、秀星は那沙に去年のことを話した。

那沙は、そのすべてを、じっと黙って聞いていた。そして、一年間この天文台が閉まっていた本当の理由を理解したようだった。

「俺は、ずっと星に向き合えなくなっていた……でも、君のおかげで今ここに……」

太陽のこと、横取り事件のこと、何よりも那沙の今を考えると、それ以上の言葉が出てこなくなった。身体を起こした秀星は膝を抱えて、溢れそうになる慟哭(どうこく)をこらえる。

「そっか……秀星くん、頑張ったんだ。ずっと、頑張ってたんだ」

隣の那沙が立ち上がった気配がした。数瞬後、背中からそっと抱きしめられた。小さな身体の那沙では秀星の身体全体を抱けない。背中側から、突っ伏している頭を抱きとめる。

「ごめんね。あたし我がままばかり言っちゃって。でもね、秀星くんに小惑星見つけてもらいたいのはホント。だって、やっぱり、誰に見つけてもらうかってのは重要だよ」

優しい声音だ。それは秀星の聴覚野に心地よく響く。

「だってさ、例えばその横取りヤローが見つけて、それにあたしの名前を付けるって言われたら、あたしやっぱりやだもん」

きゅっと、那沙が頭を抱く手に力を込める。

背中全体に那沙の体温を感じる。そして、抱かれた頭に響くのは、那沙の鼓動だ。トクン、トクン、と規則正しく刻まれるそれは、那沙の命のリズムだ。これがそう遠くないときに、那沙の時間を永遠に止めてしまうのか。

「ねえ秀星くん。過去を見てるとね、過去が追いかけてきちゃうんだよ」

秀星がうなだれたまま言葉を継げずにいると、那沙はひとりで話し出した。

「あたしもいろいろあったけど、ある日思ったんだよ。未来をお迎えに行かないとって。そしたらね、過去は追いかけてこなくなった。今、あたしは未来を手にしたいって、ずっと思ってる」

秀星はその言葉をじっと聞いている。那沙も返答を期待していたわけではないのか、そのまま続きが始まる。

「星って素敵だね。長い時間、ずっとそこにあるんだもん。あたしの過去や未来も、あの子たちにとっては一瞬のことで、でも、ずっと見守ってくれてる。ねえ、秀星くん。あたし、ずっと、星になりたかった」

「星に、か……」

星になりたかった。

叶わない夢を願うかのように、那沙の声が揺れる。

抱かれていると少し気持ちが落ち着いてきた。秀星は、少し頭を起こす。

地平線から天空へ向かって、月明かりに負けずに輝く星たちの姿が見える。

「星になって、秀星くんや、お父さんやお母さんや、あたしの大好きな人たちの全部を見守れたらよかった」

秀星は考える。自分に残された時間はあとどれくらいなんだろう。八十歳まで生きるとして、あと六十年ほど。

じゃあ、那沙は、と。

自分より四歳も年下の那沙に残された時間は、どれくらいなんだろう。

那沙はそれを計りながら生きている。目前に迫りくる最後のときを見据えながら、それでも秀星の過去を受け止め、未来への時間を促してくれている。

「……ねえ、秀星くん」

那沙の声がまた揺れた。

「あたしを、星にしてくれないかな?」

今までにも、小惑星を見つけて名前を付けてくれ、と冗談っぽく言われていた。

だが、今日、那沙が静かに告げたこの言葉は、秀星の心を深くえぐった。

「わかった……」

やるしかない。いや、やると決めていた。けれども、今は短く、そう答えるのが精いっぱいだ。

膝を抱える秀星の手の甲に、はたり、と落ちる水滴の感触。

それは自分の涙なのか、那沙の涙なのか。

ふたりきりの静かな時間が流れ、空では星が流れ、地上では涙が流れていた。

「来年、またふたりで流星群見ようね、秀星くん」

「ああ、そうだな。きっと、一緒に……見よう」

「そしたら、そのとき、『やったね、小惑星に名前が付いたね！』って、話そうよ。また、ここで」

「任せろ。絶対見つけてやるから」

お互い顔は見えない。見ない方がいい。それでも、秀星は那沙の手を取った。

約束は果たされないかもしれない。それでも、ふたりは約束する。

約束は、多い方がいい。

そこに、迎えるべき未来のイメージがあるはずだった。

「ほほう、お前、俺に隠れてそんな犯罪を」

「ちげーよ」

八月十四日、木曜日。

那沙との流星観測を終えた翌日、秀星は満彦の研究室に顔を出していた。

ふたりで検証を重ね、ようやく本格稼働した小惑星捜索システムの、バージョンアップの打ち合わせをするためだ。

満彦には、何のための捜索かということも言っておこうと思っていた。

そこで、那沙の存在と様々な状況を、多少端折りつつ、秀星は満彦に伝えた。

「いやいや、女の子の名前付けるために小惑星を探すってのは、まあ、お前らしくないナンパな考え方で大いに結構だけどよ。普通そこまでするか？　そりゃもう恋人同士だろ」

「いやあ、うーん、……まだなんか、そんな感じでもないと思う」

満彦に突っ込まれ、秀星は歯切れ悪く腕を組む。

確かに、距離は近づいたな、と思う。

那沙のことを好きか嫌いか、と問われれば、確実に好意を持ちつつある。だが、それは秀星サイドの話だ。那沙がどう思っているのかなど、恋愛経験に乏しい秀星には、ちっともわからない。

「まあだいたい、そういう雰囲気でキスのひとつもできないヘタレなお前が悪い」

「そういう雰囲気でもなかったんだよ」

深夜に星を見ながら男女ふたりきり、というのは、傍から見ると絶好のシチュエーションだろう。

だが、あのときの秀星は、ただ那沙に救われていた。

小惑星が見つかればいいな、と思って稼働させたシステムだが、今は違う。絶対に見つけてやる、という強い意志に変わっていた。

「まあ、何はともあれ進歩だな、秀星。それに、俺もただお前に協力するより、そのナサちゃんとかいうJKのためにやる方が気合が入るってもんだ。写真くらいねえのかよ」

「あ、そういやないわ」

「おいおい、そりゃだめだ。さっさとデートしてツーショット写真くらい撮っとけ。そして俺に見せろ」

満彦に言われて、気づいた。

那沙の写真がない。ふたりで撮った写真もない。

「なあ満彦」

「あん？」

「デートって、俺から誘うべき？」

「ほほう……成長したな。ほれ、今すぐ誘え！　電話しろ！」

「やめろこら！　おい！」

胸ポケットに入っていた秀星のスマホを、満彦が掠め取る。その瞬間、ＬＩＮＥのメッセージ着信音が鳴った。

『秀星くん　明日暇かな？』

那沙からだ。秀星はとっさに満彦からスマホを取り戻し、取り繕うように言った。

「あ、満彦、それで同定ルーチンの見直しなんだけど」

「ああ、やっとくから明日のデートプランでも考えとけ。誘うの失敗したんだからエスコートくらいかちっとやりやがれこのリア充野郎。ナサちゃんと写真撮って来いよ」

しっしっ、と手で振り払いながら、満彦はパソコンに向かう。

満彦流の気遣いに感謝しつつ、那沙への返信を済ませた秀星は、ふと気づいた。

デートってどんな服で行くもんなんだ？　と。


八月十五日、金曜日。

秀星は指定された待ち合わせの定番場所、梅田（うめだ）のビッグマン前に向かっていた。

最初、那沙の家まで車で迎えに行くと言ったのだが、午前中に用事があるとかで、昼過ぎに梅田で待ち合わせになった。

「おー！　優秀じゃん、秀星くん！」

ちょっと早いかなと思いながらも、三十分前に待ち合わせ場所に到着すると、すでに那沙がいた。

「あ、あれ？　まだ時間じゃないよな？」

「まだ三十分あるよ。秀星くんすごいね、こんなに早く来るって思わなかった」

「いや、那沙ちゃんこそなんで……」

「あたし、人を待たすの嫌いなの。人を待たせるって、その人の時間を無駄に奪っちゃうじゃん？　だからついつい早めに来ちゃうんだ。気にしないで」

「あー、俺もそうだな。けっこう早めには来るようにしてる」

「あ、いいね。あたしたち相性よさそうだね！」

「あ、相性……ね……そうだね……」

この前の流星群の夜のこともあり、意識するなという方が無理な話だが、相変わらず那沙の雰囲気に変化はない。すぐに話題が他に移る。

「じゃ、プラネタリウム行こ。市立科学館！」

「プラネタリウム？」

「あ、言ってなかったっけ」

「聞いてねえよ。でも、まあ、俺たちには妥当なところかもな」

「でしょ！　よし、行こ！」

「あ」

那沙が秀星の手を握って、さっさと歩きだす。

「ちょ、ちょ、ちょっと！」

「なに？　デートなんだから手くらい繋げっての。あ、さては、恥ずかしい？　彼女いない歴長いもんね」

真っ赤になっている秀星を見て、その理由を看破した那沙は、あからさまに挑発するような口調でからかってくる。

「て、手を繋ぐくらい、な、なんてことない！　それに那沙ちゃんだって彼氏いない歴イコール年齢って言ってただろ」

「あっそ。じゃ、いこいこ！」

「あ、ちょ、おい！」

那沙は手繋ぎをやめて、グッと秀星の腕につかまる。よりレベルの高い腕組みに変更してきた。

（くっそ……負けねえぞ……）

今日の那沙はいつになく積極的だ。普段からアプローチは激しい方だが、なんだかそれ以上のものを感じる。

プラネタリウムは月ごとに番組が変更される。

昔は情緒溢れる手動操作、生解説だったが、今は解説しつつ、制作会社が提供する専用番組をコンピューター制御で流すのが主流になりつつある。いわば、プラネタリウム映画のようなものだ。

今月の演目は『新天体の発見　――彗星、小惑星、超新星――　その捜索の系譜』だ。

「へえ、こりゃタイムリーというか」

「へっへー、入院中暇だったし、ネットでいろいろ調べてたらあったの。これは見に来るしかないよね、っていう。それに、秀星くんの新たな挑戦への励みにもなるかなってさ」

「あ、うん、そうだな。きっと刺激になるし、俺も未来をお迎えしたいからな」

「そう来なくちゃ！」

那沙はやはり明るい。その陰に重い病を背負っているようには思えない。むしろ、秀星の方がいつまでも過去に囚（とら）われて心が死んでいる。

上映のベルが鳴る。ドームの照明が落とされ、次第に暗くなっていく。

目の前に見えていたプラネタリウムの投影装置も、闇に沈み、見えなくなっていく。

（ああ、久しぶりだな、この感覚）

昔はよく見に来ていた。

自然の天文薄明とはまた趣（おもむき）の異なる、これから始まる何かにワクワクする瞬間だ。

「すごいね。まっくら」

ひそひそと、隣にいる那沙の弾んだ声がする。

番組は、日本のアストロハンターに焦点を当てた番組だ。特にコメットハンターと呼ばれる、新彗星の発見に情熱を傾ける人たちのドキュメントを交えながら、歴代の大彗星をプラネタリウムに投影して疑似体験をさせてくれる。

（こりゃ、すげえな）

久しぶりに来たプラネタリウムは、秀星の知っているものよりはるかに進化していた。

投影されている星空は人工のものなのに、まるで本物の星空を見ているような錯覚に陥る。シンチレーションという大気の揺らぎによる瞬きすら、リアルに再現されている。

そこに投影される彗星は、ただの写真ではない。秀星の知る限り、限りなく肉眼で見たときの印象に近い。

「すげえ……」

思わず嘆息した。

大気の揺れに合わせてゆらゆら揺れているように見える尾は、まるで今そこにその彗星があるかのようだった。

「え」

ふと、ひじ掛けに置いた手に温かいものが触れた。

「デートだし」

少しからかうような声音で、那沙がささやく。

秀星の手を、小さな手が握った。

振り払う理由もないのでそのままプラネタリウムを見続けることになったが、もそもそと那沙の指が絡んでくるので、だんだん番組どころではなくなってきた。

場面は彗星から小惑星の発見に移る。こちらは彗星に比べてひどく地味だ。

番組では、過去に発見された小惑星の中から、日本に由来の名を持つものをいくつか紹介していた。『新撰組』や『宝島』など、彗星が発見順に三人の名字が登録されるのと違って、小惑星の命名はかなり自由だ。

「すごいな。あたしの名前も宇宙に残ればいいのに」

「那沙ちゃんはNASAでもあるから、宇宙開発史にずっとその響きは残るだろ」

「ちがうもん。琴坂那沙が残りたいの」

周囲に客がいないので、ひそひそ話くらいは許されていた。暗闇が助けてくれているのか、秀星もだんだんと那沙と繋がっていることが普通に思えてきた。……もぞもぞと指の間を侵されるのにはまだ慣れなかったが。

ひとしきり小惑星の発見譚が流れる。

「へー、女子中学生が発見ってのもあるんだ」

「ああ、これ、話題になったな」

「じゃあ、秀星くんでも見つけれるよね？」

「年齢関係ねーから。運だから」

これぱかりは本当に運もある。

捜索初日に見つける可能性だってあるし、何十年も見つけられない人だっている。その日そのとき、たまたま誰よりも早くその天体がある方向を捉え、さらには存在に気づかなくてはならない。

だが、機材の運用方法とコツをつかめば、さほど難しくないのも小惑星の発見だ。その証拠に、同じ人が大量に発見カタログに名前を残している。また、未発見の天体もかなりあるはずで、彗星や超新星のような偶発的遭遇に期待するよりは遥かに望みがある。

そして、番組の最後、超新星の部に移る。

スクリーンいっぱいにある人物の姿が映った瞬間、秀星の心臓が止まりそうになった。

『運が良かったんです。まさかあんなところに超新星が出るなんて、私も思ってませんでしたから』

謙遜気味にカメラに向かって語るひとりの男。

それは、秀星がよく見知った人物だ。

祖父の太陽から、超新星発見の功を奪い取った男――廣瀬和康だった。

無意識に身体が震える。那沙に伝わったのか、もぞもぞ動いていた指が止まった。

廣瀬は去年、超新星発見者として名声を得た男だ。

有名になってからは、メディアに出たり、天文誌に記事を書いたり、講演活動をしたりと、なかなか精力的に活動している。その様子は嫌でも耳に入ってくる。そう、耳を塞いでいるはずの秀星の元にも話は聞こえてくる。

だが、まさかこんな番組のネタになっているとは思っていなかった。

「秀星くん……？」

那沙が声をかけてくるが、秀星は返答するどころではない。

画面では廣瀬が発見時の話をしている。番組としてはよくできていた。発見時の興奮や感動が観覧者にもはっきり伝わるような語り口調だ。少し芝居がかっているが、それがまた画面に映える。

だが、秀星だけは知っている。

この男が得意げに話している内容の、ほぼすべては嘘だ。

当時高校生の秀星が、どれほど声を上げてもどこにも届かなかった。やれることなど、何もなかった。ただ悔しさに歯嚙み（はがみ）している間に、卑怯者（ひきょうもの）は成り上がっていった。

今ではいっぱしの文化人気取りで、金まで稼いでいる。

そこから先は怒りと屈辱で、もう番組が頭に入ってこなかった。


「ねえ、どしたの？」

プラネタリウムから出てすぐ、那沙が秀星に尋ねた。

投影が終わって照明がついた途端、秀星が無言で立ち上がって会場を出ていこうとしたので、那沙は慌てて後を追ってくる。

「せっかく手、繋いでたのに、先に出るとかエスコート失格！」

那沙は冗談めかして明るく言ったが、秀星の表情は厳しいままだ。

「ねえ！　どしたの！　ねえ！」

「あ」

強い調子で腕を引っ張られて、秀星は我に返った。

「怖い顔……だね」

「あ、ああ、ご、ごめん。ごめんよ。なんでもないんだ。さあ、展示見に行こうか」

「……無理した顔でデートされるのもなあ」

明らかに取り繕う秀星に、那沙は腰に手を当ててふくれっ面だ。

「よし、秀星くんのおごりであそこ行こ！」

次の瞬間にはいつもの人懐こい笑みを浮かべて、館のロビーにある甘味処を指さした。

「それで許す！」

気持ちがささくれ立っていた秀星にとって、まさに天使の笑顔だ。

「あーおいしい！　甘いものはいいねえ！」

館の名物『木星パフェ』をぱくつきながら、那沙は幸せそうだ。

グラスの横からパフェを見ると、木星の大気のような縞(しま)模様が表現されていて、大赤斑(だいせきはん)の代わりに大きなイチゴが埋め込まれている。

「この大赤斑、でかくねえか？」

「いーの！　そんなリアルは求めてないもん。ね、それよりさ」

那沙は一段声を落として秀星に囁く。

「さっきのプラネタリウムの、超新星のアレって、もしかして……？」

那沙は察しがいい。人が何かを隠すとき、心の傷を掘り起したとき、秀星のような表情をするのを知っている。それは、自身の闘病生活の中で両親やその他の人々のそぶりから学んだ洞察力だった。

秀星はこわばった表情のまま、視線を落とした。

「ねえ、秀星くん」

「ん？」

「無理しなくていいからね。小惑星探すのが、もし辛かったら。ほんとの辛さは本人にしかわからないもん。人に言えないことだって、あるよね」

「いや、それは……」

「まあ、あたしもいろいろ隠してるし！　乙女には言えないこともたくさんあるから！　あははは！」

それは、心臓の病気のことだろうか。那沙の抱える『言えないこと』は、秀星の比ではない。

那沙の言葉と笑顔に、秀星は救われてばかりだ。

「ありがとう、那沙ちゃんはいつも俺を救ってくれるな」

「女神みたいでしょ」

その通りだ。が、全面肯定するのも気恥ずかしいので、はいはい、とあしらっておく。

「そうだ。展示見るのもいいけど、ちょっと普通じゃ行けないとこ、連れてってやるよ」

「え？　どこどこ？　面白いとこ？」

「面白いかどうかは、那沙ちゃん次第だけど。でも、きっと興味持つと思う」

「いいね！　行こ！」

那沙を楽しませる。今日はただそれだけを考えよう。

廣瀬和康に対してできることは、もう何もない。やれるとしたら、今度こそ自分が新天体を単独発見してやることくらいだ。それすら、あの男は何の痛痒も感じないだろうが。

ここには秀星は中学生のころから出入りしていた。当時は科学館主催の星の会に属していて、毎月の定例会に参加していた。だから、顔見知りもいる。

「こんにちは」

秀星が訪ねたのは、館のロビーホールにある、『天文室』と書かれた部屋だ。

「お、秀星くんじゃないか。久しぶりだな。太陽さんが亡くなってから、とんと来なかったから、みんな心配してたぞ」

「ああ、その節はいろいろと……やっと、ちょっと星を見ようって気になって」

「そりゃいい。ところで、そちらのお嬢ちゃんは？」

ちゃん付けされた那沙は、一瞬だけ不本意そうな顔をしたが、すぐに笑顔になった。

「初めまして！　琴坂那沙です。最近秀星くんの天文台に入り浸ってます！」

那沙は第一印象の好感度が高い。あっという間に天文室の職員と打ち解けてしまった。

「今日の投影おもしろかったです。天体の新発見、してみたいですねー」

「あれ、先生方には敬語かよ。俺、初めて会ったときからタメ語だったぞ」

「人を見て変えてますもの。敬語の方がいいですか？　秀星さん」

「あ、やめろ、気持ちわりい」

「でしょ？」

勝てない。

「この娘は秀星くんの彼女？　やるねえ。昔は女っ気ひとつなかったのに」

「え？　その話聞きたいです！　中高生の頃の話ですか？」

「あ、聞きたい？　こいつね」

「やめてください！」

天文室の年配の学芸員には、秀星は世話になりっぱなしで、正直頭が上がらない。子供ならではの悪さもいっぱいして、そのたびに怒られたが、星の素晴らしさを教えてくれたのもこの人たちだ。

それだけに、どんな恥ずかしい過去が掘り返されるか、恐ろしくて想像もできない。

「こいつホントに星が好きでね。毎週のように入り浸って、本棚の本を片っ端から読んで、パソコンいじって、そのまま天文学者になるんじゃないかって、みんな言ってたよ」

「へえ。じゃあ、秀星くんは理系なの？　天文学部とか？」

そういえば、秀星は那沙が入院しているときに、ここの大学の学生だとは言ったが、学部名までは教えていなかった。

「まあ一応、理学部だけどな」

「天文学部じゃないんだ」

「そういう名前の学部は実はないんだよ。けど、理学部でも宇宙物理学とか勉強できるから問題ないの」

日本では『天文学部』というダイレクトな学部はない。ほとんどが理学部のカテゴリに含まれ、宇宙物理学科等の科目名で設置されている。

天文学に属する学問は細分化され、より専門性が高くなっているが、那沙にはピンと来ないようだ。

「ふーん。難しいことはよくわかんないけど、頑張ってるんだ、秀星くん」

「ま、まあな」

「頑張るのはいいことだ。うん、いいことだよ」

「なんだそりゃ」

「へへへ」

不思議な娘だ。那沙の言動は、ひとつひとつが愛らしく、心を惹かれる。どういうこともない言葉やしぐさが、秀星の心をほぐしたり、温めたり、時には乱れさせたりする。

(恋、なのかなあ、やっぱり)

秀星にはまだその辺りがよくわからない。那沙のことを好きか嫌いか、と言われれば、好き、となるだろう。ラブかライクか、と問われれば、言い淀んでしまうことになるが。

「今日はデートなの?」

「デートですよ」

天文室の職員が軽い口調で訊くと、那沙は臆面もなくそう答える。からかおうと思ったのにあっさり肯定された職員はちょっと拍子抜けして、秀星の方に話を振る。

「やっぱり彼女なんじゃないの? 秀星くん」

「いや、その、そんなんじゃないんですけど」

「まー、まだ告白はされてないですし」

まだ明確な答えはないものの、デリケートなところに踏み込まれて、秀星はうろたえるが、しれっと返す那沙は対照的に楽しそうだ。

「こ、告白って、お前な……」

那沙は冗談なのか真面目なのか、態度が変わらないのでわからない。

「いつでも告ってていいよ？　受けるかどうかはしんないけど」

「この……」

にやにやと笑う那沙は、どこまで本気なのか。

都合よく遊んでくれるお兄さん的な存在と思われている可能性もあり、やはり、秀星に踏み出す勇気はなかった。流星群の夜、確かな最接近を感じたとしても、そこから先、ふたりの引力がどう作用するかは数式では計算できない。

ふたりの間の重心をお互いに回り合う連星になるのか、一期一会の恒星と彗星のような関係になるのか。彗星なら、最接近した後は遠く離れていくだけだ。そんな人生の軌道を予測するには、秀星は未熟で、測る要素も足りていなかった。

「ああ、そう言えば秀星くん、君、あの超新星の第二報だったそうだね」

「あ……ええ、まあ」

何の気なしに職員の口の端にのぼった言葉に、秀星は固まった。

すると突然、那沙に腕をつかまれた。

「ねえ、展示見に行こうよ」

「え？　ああ、そうだな」

あの超新星の第二報は、秀星にとってまだトラウマの領域にある。また、過去が追いかけてきてしまう。追いつかれてはいけない。

「ああ秀星くん、ちょうど発見日一周年の明日ね、廣瀬さんが新天体発見講座をやるんだけど、君もどうかな。第一報と第二報のふたりがそろうっていうのも面白いと思って」

天文室を去り際に、職員がそう声をかけてきた。

「……考えときます」

その声は、自分でも驚くほどに、冷たい響きをはらんでいた。

初めてのデートはつつがなく終わった。

半日遊んだので那沙もおとなしく駅で別れて帰宅した。

天文室でちょっと変な雰囲気になったが、那沙はそれについては触れてこなかったし、彼女の気持ちの切り替え方に秀星はいつも救われる。

秀星は一度車を取りに帰宅し、そのまま天文台へ向かった。

今日廣瀬の姿を見てしまったことで、また過去が追いかけてきた。

そして、思い出した。明日はあれから一年だということを。

だから、過去をもう一度検証しようと思った。過去に囚われてはいけないと思う。だが、それを放置しても、前に進む障害になる。いい機会だ、やってやる、といつになく使命感に燃えていた。

「ん？」

天文台に到着してから、根気よく一枚ずつ撮像データを確認し、プロパティ画面も表示しながらチェックしていると、ひっかかるデータにあたった。

「こいつ、コピペの跡があるぞ……」

秀星はこの自動掃天システムをフリーソフトなどの改造を駆使しながら、半分くらいはオリジナルで構築した。昔からパソコンのプログラムに親しんできたことが、祖父である太陽の役に立ったことは嬉しかったし、特にこのシステムは開発に熱中した。

そして、新天体の発見、という、特に正確性と速報性、それから証拠性の高いデータを得るために、当時考えうる限りのデータ管理システムを導入していた。

そのひとつが、コピーペーストチェックである。

自動掃天システムは自分と太陽だけが使うシステムだから、本来は必要のない機能だった。それならどうしてこんなものをつけようとしたのかもはや自分でも思い出せない。しかしとにかく、そのシステムが不穏な足跡を記していた。NGC24 7の超新星を最初に撮影し、アラートを鳴らした撮影画像に対してだ。

「どういうことだ？　俺はこの画像を一度もコピーなんかしていない。あの日から、一度だって触ってないんだ。なんで……あ……！」

そこで秀星はひとつの可能性に行き当たる。

新天体発見の報告は、最初こそ位置データのみだが、あとから発見時の撮影データなどを求められ、写真を提出するのが普通だ。

「ということは、あいつはここからデータを盗んで、写真を提出しているはず……！」

天体は常に空にある。基本的には誰が撮ってもそこにある物は同じ。一見同じものに見えることもしばしばだ。だが、撮影機材や露出時間、その他の条件によって、二度と同じ写真は撮れないともいえる。

廣瀬が報告機関に提出した画像データが、この写真と寸分たがわないデータ特性を持っていれば、ここから盗まれたものである、と証明できる可能性が出てきた。

「あいつのイベント……！」

秀星は、天文室の職員が言っていた、明日のイベントをネットでチェックしてみる。

　夕方から科学館の屋上で開催されるらしい。自由参加形式で、整理券もいらないとなれば、その場所に行けば容易に潜り込める。

「なるほどな。どうやって超新星を発見したかを講釈しながら、実践的な方法を教えるってか。……面白いじゃねえか」

　それは、NGC247の超新星の発見者を標榜する廣瀬が講演し、その後、新天体を発見するには、というテーマで、実際に星の下で実践講義をするというものだ。

　廣瀬は承認欲求が強いのか、発見者の名声を得てから、積極的にメディアに登場するようになった。そして、芝居がかった声音で発見時の武勇伝をとうとうと語るのだ。

　年のころは四十を少し超えたくらいか。服のセンスや外見は良く、ダンディな天文家として人気があるらしい。

　だが、秀星は知っている。

　こいつは祖父と自分の功績を横取りした男だということを。

　一年前は、それを立証する手段がなかった。

　だが、今見つけた証拠は、もしかすると決め手になる。

少なくとも、議論の再提示には十分すぎる証左だろう。廣瀬が発見当日にこの天文台にいたこと、太陽の救急搬送に同行せず、ひとり天文台に残っていたことなどは、その日集っていた天文同好会のメンバーから証言を取れるだろう。

「面白くなってきたぜ……」

太陽の名誉、そして自分の名誉にかけても、廣瀬の罪は許されない。

法律上のどんな罪になるのか、あるいはならないのか、秀星にはわからない。だが、そんなことはどうでもよかった。プライドの問題だ。

太陽が余生を賭けた夢を、その人生の最期のときに掠め取った、廣瀬という男。せめて一矢なりとも報いたい。

秀星は徹夜で、どう廣瀬を追いつめるか、何度も何通りもシミュレーションをした。

夢中になりすぎて、その間に来ていた那沙からの『明日はちょっと用事があるから一日会えないよ！』というメッセージに気付かなかったほどだ。

八月十六日、土曜日。

科学館主催のイベント、『新天体発見の楽しみ、その方法と実践』の日がやってきた。

事前に知り合いと鉢合わせしないように注意しながら、秀星は一般参加者として潜り込んでいた。もちろん廣瀬とも顔見知りなので、一応形ばかりの変装のつもりで、帽子とマスクを着けている。

講演場所が屋外で、しかも夕刻から始まるとあって、わりと稚拙な変装でも誤魔化せているようだ。当の廣瀬も、顔を知っている職員たちも、秀星に全く気付いていない。

今日は、ＬＩＮＥの既読スルーを朝に怒られた以外は、珍しく那沙からメッセージが来ない。少し寂しくはあるが、事情を説明できない今は、その方が都合が良かった。

「みなさん、今宵はよくお集まりくださいました」

定刻になると、科学館の屋上にセッティングされた講演会場に、廣瀬和康はさっそうと現れた。壇上でマイクを握り口上を述べる姿は堂に入っている。

「今日は皆様に新天体発見の醍醐味をお話ししつつ、この空の下で実際の観測方法をご覧いただいて、その面白さ、難しさなどを知っていただければと思い、当イベントを企画いたしました」

廣瀬はもともと、祖父の天文台に集まる仲間の中で、あまりいい印象のある人間ではなかった。いつも何か探っているような、他の同好会のメンバーとは一線を引いているような雰囲気があった。

今思えば、廣瀬の目当ては、まさに太陽と秀星が組み上げた新天体発見システムだったのかもしれない。

実際に発見してもいない、観測システムも持っていない男が、どこまでウソを広げてもっともらしく語るのか。秀星は少し意地の悪い気持ちで壇上を眺めていた。どこで弾劾するのが効果的だろうか。いろいろシミュレーションはしてきたものの、いざ本番となると膝が震えてきた。心臓も早鐘を打っている。

いくら自分が正しいと確信していても、周りがそれに呼応してくれるとは限らない。

いや、むしろ有名人は廣瀬の方だ。突然秀星が告発をしたところで、やっかみか何かで難癖をつけに来たイタイ奴、で終わってしまうかもしれない。

だが、このイベントには、周知効果の高いポイントがひとつあった。

インターネット上で生中継されているのである。

生中継なので、編集の入る隙がない。いきなり廣瀬を糾弾した場合、その映像はそのままネットに流れる。よしんば途中で配信が中止されたとしても、それはそれでむしろ話題になるだろう。どの程度の視聴者がいるかは疑問ではあったが、こういう生放送のトラブルは必ず誰かが拡散して、そこからＳＮＳなどで炎上させて楽しむ連中も出てくる。

炎上を利用するのはあまり良いこととは思えないが、秀星は今回はあえてそこに期待する。きれいな手法とは言い難くても、今は手段を選んでいる余裕などなかった。

ただ、廣瀬の文化人としての知名度はそれなりのものであり、そこへ闖入者として現れた秀星に支持が傾くかどうかは賭けでしかない。

それでも、今日を逃すと次のチャンスはいつになるかわからない。

そんな焦りにも似た気持ちが、秀星を突き動かしていた。

廣瀬は、自慢気に発見時の詳細を語っている。いつものごとく、少し芝居がかった口調で、時に大げさな身振り手振りを交えて話すさまは、確かに人を惹きつけるものがある。弁舌の達者な政治家のようだ。

だが、秀星にはわかる。

その話に中身はない。とってつけたような、誰かの体験談に脚色を加えたような、白けた味気なさがある。それでも素人を騙すなら充分なものだろう。

ただ、テレビなどでもてはやされるようになってから、彼は何度も同じ話をお茶の間に垂れ流した。当然ながら、それは多くの天文家たちの目に触れ耳に入る。そして、そのたびに批判の言葉が噴き上がってはいた。

実践的にアストロハンターをやっている人々からすれば、廣瀬は薄っぺらいのだ。彼の体験談には、発見時の写真とされるもの以外、具体的なデータや超新星を同定した際の作業譚が出てこないのだ。それが、ハンターたちの間では実に不可解だ、と囁かれている。

同じ超新星発見の第二報が、一部界隈で有名な鷲上太陽の天文台から出た、というのは知る人ぞ知る業界内情報だったが、それが廣瀬の第一報疑惑にさらに拍車をかけた。

その程度には、秀星と太陽が作ったシステムは注目されていた。

とはいえ、正式な機関が第一報と認めたことに、それ以上の反証行動に出る者がいなかったというだけだ。仮に廣瀬の不正を暴いたとしても、労力に比して何の益もなく、その暇があるなら新天体を探したい、というのがハンターという生き物である以上、それはごく当然の反応でもあった。

一方で、秀星には実体験と、蓄積された経験がある。あの夜のことも鮮明に覚えているし、そこに至るための努力や苦労だって昨日のことのように話せる。真実にしかない凄味があり、それは、同じ志を持つ者にはきっと伝わると信じたかった。

講演は、時に観客の歓声が沸きながら進行していく。廣瀬の話術は確かに巧みだ。何も知らなければ魅了され、引き込まれるだろう。

今日こそ、その虚像を暴いてやる。秀星はそんな黒い感情をくすぶらせながら、講演を冷ややかに聞いていた。

そして、いよいよ、秀星の反撃ポイントがやってくる。

写真がスクリーンに大写しになった。

「これが、超新星発見時の記念すべき一枚です。ここに、昨日はなかった星が写っているのを見たときは、それは興奮したものです」

この瞬間を待っていた。

秀星は、意を決してパイプ椅子から立ち上がる。会場は狭い屋上であり、人数も百人そこそこだ。明らかに目立つ。

「……どうしました？　お座りください」

講演を中断された廣瀬が、言葉は丁寧だが、幾分苛立たしそうな感じで着席を促した。もちろん、秀星は座らない。そして、マスクと帽子を外した。

「お久しぶりですね、廣瀬さん」

「…………！」

秀星を見た廣瀬の顔に、明らかな動揺が走った。

「その写真が出てくるのを、待っていました」

廣瀬の表情がこわばるのを、秀星は見逃さない。畳みかけるように観客に対して語る。

「僕は鷲上秀星。この超新星の第二報とされ、発見翌日に亡くなった鷲上太陽の孫です」

第二報、という所をより強調しながら、廣瀬に鋭い視線を向けた。廣瀬はそれを受けまいとして、視線を外した。

「廣瀬さん、僕は何もあなたに会いたくて来たわけじゃない。けれど、一度は会わないと埒が明かない。何せ、あなたはあの後、連絡先をすべて変えてしまって、こうして会いに来る以外、僕からの連絡手段はなくなってしまいましたからね」

観客がざわめき始める。何かとんでもないことが起こっている、という雰囲気だけは感じ取れるのだろう。そして、アクシデントへの驚きはすぐに下世話な興味に変わる。会場はしんと静まり、秀星と廣瀬のやりとりを見守り始めた。

「お座りいただけますか」

秀星の言葉に、廣瀬は不用意に答えない。ただ、座れ、と繰り返すだけだ。

ふたりをよく知る天文室の職員も、対応に困って棒立ちだ。

「廣瀬さん、その写真の詳細データを出せますか」

「なに？」

初めて、廣瀬が異なる反応を見せた。

「新天体を探す者なら、誰でも写真捜索をします。そして、その画像のデータは発見者にとって貴重なものです。当然、どのような機材、どのような露出、どのような状況で撮影したのか、新天体の同定に使ったソフトや道具、その他一切合切、覚えているはずです。僕はあなたの講演記録は全て調べましたし、記事なども読みました。ところが、その点について触れたものはひとつも見つかりませんでした。なぜです？」

「公開する義務はないと思うがね」

「まあ、確かに義務はないですね。でもこれで、あなたには義務が生じる」

秀星は自分のタブレットに画像を映し出した。それは今、会場のスクリーンに映されている写真と同じものだ。

「これ、画面につなげてください」

「え？　あ、ああ……」

秀星に促された天文室の職員は、動転していた。言われるままにコードをつなげて、秀星のタブレット画面をスクリーンに映し出す。

「おい、こら、なにをする！」

何かを察した廣瀬が、その行動を強い口調で咎める。

「みなさん、これをご覧になってください」

壇上に歩み出ながら、秀星は映し出された画面の説明を始める。

「これは、僕の祖父である鷲上太陽が、昨年八月十六日の二十七時十二分、つまり一般的に言うと八月十七日の午前三時十二分に捉えた写真です。この日、この時間、僕は祖父と、そして、この廣瀬和康氏とともに、祖父の天文台にいました。そして、まさにこの時間、祖父は心臓の発作で倒れ、その日の午後、他界したのです。そして僕は、この写真の詳細データのすべてを、ここで今すぐ語れます」

会場が騒然となる。

太陽が第二報であること、そして、その翌日に太陽が亡くなっていることは、一般的な発見報道の中では触れられることはない。だから、ここにいるほとんどの人にとって、この話は初耳のはずで、しかも内容はセンシティブだ。秀星の発言は充分に人々の興味を引いた。

秀星が何を言おうとしているのか、すぐには理解できなかった人もいるだろう。だが、鋭敏な何人かはその趣旨を感じ取った。

「少しよろしいかな」

そのとき、ひとりの老紳士が客席で手を上げた。古めかしい黒いダービーハットをかぶり、豊かな白ひげを蓄えた老人だ。杖をついてはいるが、しっかりとした足取りで立ち上がる。知人ではないはずだが、秀星には何となく見覚えがあった。

「私には、その二枚の写真が全く同一のものに見えるのですが、つまり、そういうことなのでしょうか」

秀星にとって、渡りに船となる質問だ。

「そうです、同一です。発見時の写真は、高解像度のものが公開されています。僕はその写真と、手元にあるこちらの写真を検証しました。結果、祖父太陽と僕の撮影システムが三時十二分に捉えた写真と、廣瀬氏が昨年発表した写真は、画角、露出時間、ピクセル、画像サイズ、その他、記録されているデータがすべて一致していいます。天体写真を撮る方ならわかりますが、ここまでの一致は通常ありえないものです」

どよめきが大きくなる。

「実は、僕のシステムには、画像データのコピーを記録するセキュリティがついていました。彼の写真の詳細データには、今僕が持っている写真よりも新しい連番がついているはずです。さあ、廣瀬さん、詳細プロパティを見せてください」

「ぐ……」

廣瀬は射すくめられたように身動きが取れない。そこに老紳士が援護射撃をかける。

「なるほど、これはなかなか興味深い。では、廣瀬さん、その点についてあなたは、こちらの彼が言うように説明をする義務ができた、ということではないかな」

この老紳士、どうも天体写真の素人ではなさそうだ。秀星はもう一度じっくり老人の顔を見る。やはり、どこかで見覚えがある。

「し、素人がそろって何を言う……！　そもそも、画像は公開されている！　それを持ってきて同じだと言っているだけだろう！　そのような幼稚な方法で疑われては迷惑だ！」

　動揺した廣瀬は、今までの穏やかで芝居がかった仮面を脱ぎ捨て、吐き捨てるようにふたりを恫喝する。だが、秀星は動じない。

「この発見システムは、僕と祖父が独自に組み上げたものです。そしてあなたは発見報告をするほんの一時間ほど前、僕たちの天文台にいて、一緒に発見のアラームを聞いています。先ほど言ったように、僕のシステムには画像のコピーを記録し、暗号で連番をつけるセキュリティがあります。さあ、そちらの写真の詳細プロパティをどうぞ。オリジナルなら、その暗号連番はないはずですよ」

　昨夜、事前に秀星が確認した暗号連番が、公開画像のものと一致していた。この証拠は自信をもって言い張れるものだ。あとは廣瀬の出方を待つだけだ。

「ふむ、なるほど。そこまでの証拠が挙がっておるのであれば、今一度、公的機関での審判が必要ではないかな」

　老紳士の穏やかな口調の中には、廣瀬の発見に対する異議が強く含まれていた。

「今まではうまく騙してきたのじゃろう。わしらも確信がないのでそれ以上の追及は控えておったが、かねてより批判や疑念があったのは知っておるじゃろ。今日来てよかったわい。ある意味、歴史的な瞬間に立ち会えそうじゃ」

「あ、あなた、もしかして！」

天文室の職員が声を上げた。

「秋田、久雄さん……！」

「え……！　秋田さんだって……!?」

その名を聞いて秀星も驚いた。満彦との会話の中にも出てきた関西天文界の大物だ。

「な、なんだと……」

廣瀬の顔にも今まで以上の動揺が浮かぶ。

秋田久雄——関西どころか、天文家として天体写真や天体捜索の世界にいるなら、一度は名前を聞いたことがある人物に違いなかった。

過去に、新彗星をふたつ、系外銀河の超新星を三つ、小惑星に至っては数えきれないほどの発見記録を持つハンター界の大物で、国際的にもその名は轟(とどろ)いている。最近は高齢になったこともあり表舞台で名を聞くことは減ったとはいえ、日本のアストロハンター界の重鎮のひとりであることは間違いなかった。

秀星もどこかで顔写真くらいは見ていたはずだ。見覚えがあってもおかしくない。

「鷲上秀星くん、じゃったかな。お初にお目にかかるが、君の祖父の太陽とは、昔なじみの間柄じゃ。ともに星にロマンを抱き、青春の日々を星見で過ごした仲でな。彼が長いブランクの後にまた天文台を建ててまで復帰したと聞き、会いに行きたいと思っておったところに昨年の訃報じゃ。残念じゃった」

「祖父からお名前はよく聞いていましたが……まさかここで……」

「今日この日に、太陽が引き合わせてくれたんじゃろうな。不正報告によって第一報を奪われ、第二報とは無念じゃったろうて」

秋田は、杖をつきながらも存外しっかりとした足取りで、壇上の秀星と廣瀬のもとに歩み寄る。

「廣瀬君、宇宙は嘘はつかん。わからないことは多いが嘘はつかんのじゃ。さあ、廣瀬君。今秀星くんが指摘したことについて、君の言い分を聞こう」

「ぐ……」

秀星に疑念を叩きつけられ、秋田に詰め寄られ、一瞬、言葉に詰まった。

しかし、廣瀬にとって、このふたりの存在は自分の功績を邪魔する者でしかない。

「言い分などない。私が第一報だ。それは公式に認められている。それ以外に提示する何物もないし必要もない。それより、この放送はインターネットで全世界に生中継されている。これが何を意味するかわかるか？　お前たちは公衆の面前で私の名誉を毀損した。そのことに対して、責任は取ってもらうぞ」

捨て台詞を残し、廣瀬は会場から去っていく。

「あ、ちょ、ちょっと！」

慌てて廣瀬を職員が追っていくが、この状況では講演会も天体発見の実践指導も中止になるだろう。

全ては終わった。秀星の告発は、廣瀬も言ったとおり、全世界に放映された。とはいっても、視聴者数はそれほど多くはないだろう。それでも、効果はあると信じたかった。

「ご苦労じゃったな、秀星くん。なに、心配することはない。わしも力になる」

と言って、秋田は名刺を差し出してきた。

「何か困りごとがあれば連絡をくれたまえ。太陽の遺志、しっかり君に受け継がれているようで安心した」

「あの、どうして……」

秋田老人がなぜここにいたのか。それは不思議な巡り合わせを感じる。

「さっきも言ったじゃろ。太陽の仕業じゃ。今日は太陽が超新星を見つけた日じゃ。そんな日にこのイベント、友人としては嫌味のひとつでも、と思うておったら、君がいた。そういうことじゃ」

ふあっふあっふあっ、と秋田は愉快そうに笑った。

「まあ実はな、この業界に長くおるとそれなりのツテも多くできる。例の超新星、あの男が第一報だけなら、特に疑念は抱かなんだが、太陽の天文台が第二報と聞いてな。君のシステムは業界でも噂になっておって、太陽からも便りで聞いておった。そこに、あの男が同じ同好会に所属していて、撮影のデータや現場譚が出てこない。となれば、まともなハンターなら疑うわい。さっきも言ったが、わしも今日、何か隙があればと思って来ておったが、まさか太陽の孫が来ておるとはな」

「ありがとう……ございます……」

胸が熱くなる。

祖父には、こんなにも心強い戦友がいた。

「君の言うことが本当なら、第一報は太陽と君、ということになる。いまさら覆るかはわからんが、問題提起はできたじゃろ。なに、このままでは済まんて。奴が漁夫の利を得た卑怯者なら、相応の報いを受けるじゃろう。それにわしもどうせ老い先短い身じゃからな。いまさら失うものもない。ならば、友のために最後を飾るのはむしろ本懐じゃ。では怒られに参るとしようか。ふぁっふぁっふぁっ」

「……ありがとうございます」

秋田の祖父への友誼(ゆうぎ)とその言葉は、秀星には心強く、嬉しいものだった。

ふたりは会場の聴衆や職員にも深く詫(わ)びた。

科学館のイベントをひとつぶち壊したことになる。楽しみに来ていた観客にも申し訳が立たないし、下手をすれば訴訟問題にも発展しかねない。それでも、秀星は過去と決別して、未来を『お迎え』するために、ここへ来た。

その後、秀星は天文室でこってり絞られたが、天文界の重鎮である秋田も告発に同調した手前、大問題にまでは発展しなかった。それどころか、この問題について天文室でも精査する、との言葉をもらうことができた。

廣瀬和康の会場での不自然な言動は、やはり良識ある天文関係者の目には奇異に映っていた。そこに秋田ほどの人物までが疑念を呈したとなれば、これはもう事件になる。

そして……。

公式に公開されていた廣瀬の発見時の画像は、著作権者の申し出という理由で、その夜には削除されていた。

＊　＊　＊

病院から帰宅した那沙は、部屋でぼんやりと考えごとをしていた。今日、病院で言われたことが、頭の中を駆け巡っている。

今日はいろいろあって、朝イチのメッセージ以外、秀星にＬＩＮＥを送っていない。

「ま、考えても仕方ないよね」

そのとき、ふと、昨日科学館で聞いた今日のイベントを思い出した。

おそらく秀星の過去の、最も重い暗部に関わる人物が行うイベントだ。秀星のあの様子を見れば、容易に想像できる。

今日は超新星発見の日で、明日は太陽の命日だ。

「あ、そういえばネット中継、あるんだっけ」

どうしよう、と一瞬躊躇する。

秀星の抱える過去の闇の一端だ。見てはいけない気もする。けれども、同時に知っておきたいという衝動が沸く。

那沙は、ためらいながらも中継サイトを開いた。

既に中継は始まっていて、壇上では廣瀬が自信満々の口調で発見を語っていた。

「ふーん、なんかちょっと言いようがむかつく感じ」

事情の一端を知り、おそらくは廣瀬がその原因であろうと推測している那沙は、廣瀬の講演を聞きながら、画面の前で悪態をつく。

尊大な人間は嫌いだ。廣瀬から放たれる人を見下すオーラを、那沙は鋭敏に感じ取る。

「秀星くんも、もしかしてこれ見てるのかな。いや、見ないかなあ」

過去に向き合うためには、乗り越えなければならないのかもしれない。でも、わざわざ向き合って傷つくのもどうかと思う。那沙にはどちらが正解かわからない。ただ、廣瀬の語る『物語』は、体のいい自慢話と自己陶酔。そんなふうに見えた。

那沙にも覚えがある。

高校ではほとんど学校に行っていないが、中学の頃はまだそれなりに通っていた。とはいえ、欠席しがちな那沙には仲の良い友達もおらず、むしろ、子供特有の残酷な仕打ちの方が多かった。

どこからか那沙の病気を聞きつけてきたあるクラスメイトは、こう言ってのけた。

『もうすぐ死んじゃうんだ、かわいそう。でも、私たちはまだまだずっと楽しく生きられるんだよ。あー、かわいそ』

このひと言から、那沙は学校に行けなくなった。

成績は悪くなかったし、親の希望もあって高校は合格したが、ほとんど行っていない。

行かなくても、知ることができることはたくさんあるし勉強はできた。むしろ、義務教育から解放された那沙は、積極的に高校を休んでいたし、両親も何も言わなかった。

高校生になってから初めて、那沙は自分の意思で自由に生きる時間を手に入れた。

だからわかる。

この廣瀬という男からは、中学時代のクラスメイトと同じベクトルを感じる。

講演のなりゆきを見守っていると、突然、廣瀬以外の声が入ってきた。

「あれ？」

聞き覚えのある声だ。映像はすぐにそちらへ切り替わって、声の主を映す。

「秀星くんだ……！　え？　なに？　なにしてんの？」

すぐに秀星の糾弾が始まり、会場は騒然となる。謎の老人まで現れ、ふたりして廣瀬に詰め寄るシーンまで来て、突然放送は途切れた。

「あん！　ちょっと！」

画面は『しばらくお待ちください』の表示のまま止まってしまった。

ライブビューイングには視聴者のコメント投稿機能などもある。そこが突然の事件発生に賑わい始めた。放送が中断されたことに対しての怒りのコメントや、突然の展開を楽しむ無責任な憶測、あるいは誹謗中傷で埋まっていく。

「なにやってんの秀星くん……でも、あんな顔、初めてみた……でも、そっか」

過去に決着をつける気なんだ、と、那沙は感じた。

那沙は弾かれたように部屋を飛び出した。

「お母さん、ちょっと出てくる！　天文台！」

「あ、こらちょっと！」

「大丈夫だから！」

今日は検査入院の結果を聞いてきた。そして、その結果を思えば、雫は気が気ではないだろう。できればもう安静にしておいてほしいというのが本音のはずだ。那沙にもわかっている。だが、今は画面の向こうの秀星の方が心配だった。

（秀星くん、きっと天文台に帰ってくる。そのとき、あたしがいてあげないとダメだ！）

なぜかそう思った。那沙は久しぶりに電動自転車に乗って、一路天文台を目指した。


那沙が天文台に着いたときは、もう日が落ちて薄暗くなっていた。

夏で良かった。冬ならもう真っ暗だ。

スマホでときどきチェックしていたが、中継は再開される様子もなかった。

日が落ちたら体験会みたいなものもあったはずだが、どうなったんだろう。

とにかく、那沙は秀星を迎えてやりたかった。

天文台の合鍵は預かっている。中に入り、空調をつけ、途中のスーパーで買って来た食材を台所にひろげて、調理を始める。

「あの顔、凄く思い詰めてた」

具材を切りながら、那沙は思い出す。

秀星のあの顔は自分も見たことがあった。そう、鏡の向こうに映る自分の顔として。

なにか、心にある重荷を必死で支えようとしている顔だ。

「ちょうどいい機会かもしれないな」

那沙はちょうど今日、検査入院の結果を聞いてきた。それ以外にも、秀星にはまだ言っていないことがたくさんあった。

秀星の過去は流星群のときに少し聞いた。途中までだったが、今日の中継を見てそれ以外のことも大体理解した。

じゃあ自分はどうなのか、と、野菜に包丁を入れながら自問自答する。

秀星は多分、自分の病気のことを何となく知っている。雫が秀星との逢瀬を止めない、というのも傍証だ。

でも、どこまで知っているんだろう？　あるいは、全て知っていたとしても自分の口から改めて伝えたい、と、思った。

「いっぱい、伝えたいことがあるよ、秀星くん」

切り終えた食材を軽く炒め、火が通ったら鍋に移して煮込み始める。

ただじっと待っているのはしんどいので、シチューでも作って待つことにした。

ずっと引きこもりで家事手伝いもしていたので、料理は嫌いではなかった。

料理はある意味命との向き合いだ。動物であれ植物であれ、食材となる彼らは確かに生きていた。那沙はいつもそんなことを思いながら、料理をする。そうすることで、『死』の意味を考え、受け入れるようになっていった。

「ん、いい味」

今日のシチューは、会心の出来栄えだ。

「いいお嫁さんに、なれたらいいんだけどなあ……」

少なくとも大人になれるのなら、そんな人生の設計図も描ける。

だが、那沙は迷っていた。誰かに背中を、押してほしかった。

＊　＊　＊

やることはやった。秀星は夜気を吸い込んで深呼吸をする。

効果があったかどうかはわからないが、味方がいることもわかった。

あまりの緊張にどっと疲れて、天文台までの道のりはいつもより遠く感じた。

「あれ？」

近くまで来て、天文台に灯りがともっていることに気付く。

灯りといっても星を見る施設だけあって、可能な限り光は漏れないようになっている。それでも、玄関口を示す小さなＬＥＤの光がついているのは、中に誰かがいる証だ。

「ただいま」

「あ、おかえり！　あたしがいるってわかった？」

そうだ、わかっていた。自宅じゃなくここに帰ってくれば、那沙がいるかもしれない、と。いや、絶対いるだろう、と思っていたことに今気づいた。

「わかるさ。ＬＥＤついてるし」

「他の子が来てる、とか思わないんだ。モテないね、秀星くん」

「那沙ちゃん以外に鍵を渡してる子なんていないさ。それより、なんで？」

今日は用事があると言っていたのは那沙自身であり、夜の約束もなかったはずだ。

那沙ははにかみながら言った。

「んっとね……シチューが作りたかった」

「なんだそりゃ」

「美味しくできたから！　ほら！」

秀星が荷物を置くよりも早く、皿に取ったシチューを差し出される。

心身ともにどっぷり疲れた秀星にとって、那沙の気持ちは嬉しかった。

「ありがと、もらうよ。もしかして、中継見てたか？」

「えっと……」

那沙がわざわざ天文台にきて、こんなことをしている理由は、他に思い当たらない。当て推量だが、図星であることは那沙の表情から見て取れる。

「ごめん、プラネタリウムからこっち、あいつが当事者だってことは黙ってた。まあ、もちろん気付いてたんだろうけど」

「あ、ううん、それはいいんだ！　だって、いろいろあるじゃん、いろいろ」

那沙は手を振った。

「ただ、ね、秀星くん、辛かったんだろうなって。思えば、一年もここほったらかしにしてたんだもんね。それだけのショックを与えた人がいきなりスクリーンに出てきて、なおかつ、次の日にそこでイベントがあるなんて」

「あの横取りがなければ、ずっとじいちゃんの遺志を継いで観測してたと思う。だからこそ、許せなかった」

「わかる、よ」

那沙は短く答える。小さく微笑みながら、慈しむような瞳で秀星を見つめている。

「ここで、見つけたんだよね。すごいよね」

那沙は穏やかに言った。

「じいちゃんが倒れなきゃ、本当は第一報が可能だった。いや、あいつが横取りしなければ、俺の報告の時点でも第一報だったんだ。そしたら、最期にじいちゃんに『俺たちはやったぞ！』って言ってやれたのに……」

秀星も穏やかに答えた。那沙の顔を見ると、怒りが収まっていく。廣瀬を許すわけにはいかないが、嫌な感情はひとまず脇に置くことができる。

そんな時にゴゴゴ、と上階から音が聞こえてきた。

「な、なになに？」

それは、天文台のドームが開いていく音だ。センサーが雨さえ感知しなければ、セットした時間に望遠鏡が自動的に小惑星の捜索を始めるようになっていた。何も知らない那沙は驚く。

「望遠鏡が動き出しただけさ。大丈夫だよ」

「び、びっくりしたあ、勝手に動くんだ」

「ま、そういうふうにセットしてるのさ」

秀星もまた、那沙に伝えたいことがあった。小惑星捜索を再開していること。そして、他にも。

「あ、おいしいかな？　どう？」

何の変哲もないホワイトシチューだ。だが、染み入る。そこには那沙の気持ちがこもっているのがよくわかる。

「ああ、美味(うま)い。那沙ちゃん料理できたんだな」

「うん、できたんだよ！」

明るく返事をした後、少し間をおいて、那沙は居住まいを正す。

「あの、ね」

「ん？　どうした？」

「あたし、秀星くんに言ってないことがあるんだ」

「……そうか」

その隠しごとが何かはだいたい想像がついていた。

「聞く？」

いつになく不安そうに、那沙は視線を落とした。

「聞いて、いいなら」

「むしろ、聞いてほしい」

いつになく神妙な那沙の表情を見て、秀星もスプーンをテーブルに置いて向き合った。

しかし、那沙はなかなか話しださない。そのまましばらく沈黙が続く。

五分くらいたっただろうか。那沙は意を決したように顔を上げた。

「あたし、あたしね……心臓の病気、なんだ」

予想通りの告白だ。しかし、那沙から直接その話を聞くのは初めてだった。覚悟していたのに、秀星の心臓の方が止まりそうな緊張が走った。

「……知ってるよ」

秀星は絞り出すように言った。

本人の口から語られる事実は、重い。それは、まさに今日、秀星が廣瀬に叩きつけてきたことと同じであり、逃れられない呪縛の鎖がそこには仕込まれている。

「やっぱり、知ってたんだね」

那沙は、安堵と不安が混ざったような表情をしていた。

「どんな病気なのか、聞いてもいいか？」

うん、と那沙はうなずく。

「だいたい六千人にひとりくらいかな。診断されるとね、国の指定難病給付がもらえるくらいには、めんどくさい病気」

「な、治るんだよな？」

雫から根治には移植が必要だ、とは聞いていた。それでも聞かざるを得ない。

那沙はどこまで知っているんだろうか、ということも含めて。

「へへへ、基本的には不治で原因も不明なんだって。重度になれば、助からないって。けど、心臓移植すれば治るんだってさ。で、あたしはどうも重度な方らしくって」

「心臓移植……か。本当なんだな。本当に……」

那沙の口から、あっけらかんと出る心臓移植、という言葉。

重々しく言われるより、よほど現実の重さを突きつけられてしまう。

雫は那沙の回復を願っている。当然だ。だからこそ、この現実を軽く伝えることなどできなかったのだろう。しかし、いま病を抱える本人は、深刻さなど微塵も感じさせないような口調でそれを告白していた。

「意外と驚かないね、秀星くん。ま、知ってるんじゃないかなと思ってたんだけど、一応、あたしのけじめとして伝えておきたかったの」

「けじめ？」

「うん。今日、秀星くんが頑張ってる姿を見たら、あたしも、残りの時間を頑張らなきゃ、って思って」

残りの時間、と言ったときに、那沙の視線が揺れた。秀星もそれを敏感に感じ取る。その意味も。だが、認めたくはなかった。

「そんな言い方よせよ」

「あははは、ごめんね。でも、聞いて？　今日ね、こないだの検査入院の結果聞いてきたんだ」

「結果？」

「うん。ほら、秀星くんがお見舞い来てくれてたやつ。あのときの結果」

そういえば、検査だと言っていた。退院したのでそれでＯＫかと、すっかり忘れていた。

「心臓のポンプ機能が想定より落ちてきてるって言われてね。これまでは先生の神がかった投薬で普通の生活してたんだけど、いよいよ入院待機で、って言われて」

「待機って、それは……」

雫が言っていた『もう三年間待機しています』という言葉を思い出した。

心臓移植のレシピエントとして、ドナーが現れるのを待っているということだ。。

「近い将来、補助人工心臓もつけないと、待機中の命の保証も難しくなるだろうって。でも、それつけちゃうと、あたしには、そのままベッドの上で死んじゃうか、移植で助かるか、の二択しか残らないんだよね」

補助人工心臓の話は雫からも聞いていた。しかし、ここまで逼迫している状況だとは思っていなかった。秀星は愕然とする。

今日の日常は、明日には脆くも崩れるものだ。何不自由ない健康で安全な日々ですらそうだ。まして、重い病を抱えている那沙にとって、明日がないかもしれないことが日常なのだ。

「でも、それでも、つけるしかないんじゃ……」

「だよね、秀星くんに会ってから、あたしは生きなきゃって思ったし、それでも仕方ないって思ってた。でもね、検査の結果、無理だって」

「え？」

無理、とはどういうことか。秀星の思考が一瞬停止する。絶望的な事実を口にしたはずの那沙は、対照的なほど平穏な表情をしている。

衝撃的な事実に、口の中が乾いていくのがわかる。秀星は、必死に声を絞り出した。

「無理って、どういうこと……」

「ほら、あたし、身体小さいじゃん。それ以外にも、難しいことはよくわかんないんだけど、いろいろな条件に適合しなくて、なんだっけ、解剖学的理由でとか、先生言ってた。だから、たぶんいよいよほんとに時間がないんだ」

食卓テーブルを挟んで向かいに座っている那沙が、遠く感じられた。このまま、どこか手の届かない所へ行ってしまうような気がした。

「だからね、来週から入院だって。その前に言いに来たんだ」

那沙はすう、と深呼吸した。

「あたしね……」

那沙はたっぷり二分ほどたってから、ためらいがちに口を開いた。

「あたしね。多分、秀星くんのこと、好き」

「え？」

予想外の言葉に、秀星は戸惑った。だが、秀星の答えを聞く前に、那沙はさらに意外な行動をとった。

「だからね、勇気が欲しいんだ」

那沙はブラウスのボタンに手をかけ、ゆっくりとひとつ目を外した。

「いや、何する気だよ！」

秀星は、とっさにその手を摑んで、止めた。だが、那沙は決意に満ちた目で秀星を見上げる。

「見ておいて欲しいんだ。綺麗なうちに」

「あ」

秀星は理解した。心臓移植は胸を大きく切り開く。たとえドナーが見つかって手術ができても、そこには大きな傷が残るだろう。

「これからのあたしが生きる時間は、誰かがあたしのために死ぬのを待つ時間なんだ」

「そういう言い方、やめろよ」

「事実だから。あたしはそれを受け止めなきゃいけない。でも、やっぱ怖いんだよ」

だから、と那沙は続ける。

「あたしに、秀星くんの勇気をちょうだい？　今日、あそこで見せてきた勇気を」

秀星の手をそっと返しながら、またひとつ、那沙はボタンを外した。

「とても辛いことに向き合ったと思うの。だから、あたし秀星くんのこと慰めなきゃって思って、ここに来た。でも、顔見たら、そうじゃなかった」

少し顔を朱に染め、ためらいながらも三つ目のボタンを外すと、那沙の白い肌があらわになる。

「あたしが、勇気が欲しくて来たんだって、わかった」

那沙はそう言って、大きく両腕を広げた。

「来て。あたしを抱いて。綺麗なあたしを。今だけでもいいから、あたしは秀星くんの恋人になりたい」

ああ、と秀星は嘆息する。

なんて美しいんだろう、と。

彼女は生まれてからずっと命の危険にさらされてきた。残酷な運命はずっと当然のように、彼女の後ろで、牙を研ぎながら立っていた。

だから、彼女はとっくに死を受け入れていた。

秀星は、立ち上がった。それに合わせて那沙も。

ふたりは吸い寄せられるように向き合った。那沙は大きく両手を広げている。

秀星は黙って那沙のブラウスのボタンを留めた。那沙は少し驚いたような顔をしたが、それはすぐに優しい笑みに変わった。

秀星は那沙を抱きしめた。腕の中の那沙が、そっと秀星の背中へ手を回してくる。

（小さい……）

初めて抱く那沙の身体は、秀星が想像していたよりずっと華奢だった。温かく柔らかい。彼女の病んだ心臓は、それでも精いっぱい全身に血を送り、彼女を生かすために動いている。

腕の中で、恥ずかしそうに秀星の胸に顔をうずめながら、那沙は小さく身じろぎする。

そして、ゆっくりと秀星を見上げた。

求められていることはわかる。だが、那沙のまっすぐなまなざしを受けきることができず、秀星は思わず視線を外した。

「あはは……やっぱ、だめかあ」

少し悲しそうな顔で、那沙はそっと秀星から身を離す。

「ごめんね、急に。あたし、もう帰るね」

そそくさと、帰り支度を始める。

きっとものすごい勇気を振り絞ったに違いない。しかし、秀星がそれに応えられなかったのは、那沙の気持ちがわからなかったからではない。

「待て、待ってくれ那沙」

荷物を持って玄関に向かおうとしていた那沙は、ピクリ、とまるで機械人形のように止まった。

「俺も、君が好きだ。ずっと、そう、きっと最初に会ったときから。だから……」

那沙はゆっくりと振り返った。次の言葉を待っている。不安げに頬を上気させながら、じっと、秀星を見つめている。

「だから、今簡単には、その……君が元気になって、心からの笑顔を見せてくれたとき、はじめて……」

「でも、そのときあたしの身体には傷があるんだよ？　それでも、いいの？」

自分の胸の辺りに手を当てる那沙。秀星はその手をそっと取った。

「それは君が命をかけて戦った傷跡だ。そして、生還した勲章だろ。むしろ俺はそんな那沙を誇りに思うから。その傷は、きっと最高に綺麗だよ」

那沙の、いつも明るい笑顔を振りまいていた瞳から、大粒の涙がぽろぽろとこぼれる。

「……あたし、あたしね、怖かった……心臓を待つのも、手術も、秀星くんがあたしを選んでくれるかも……だから、何も言わずに、いなくなろうと思ったけど、できなかったから……」

「俺は小惑星を見つけて、那沙の名前を付ける。だから、それまで元気でいてくれないと困るぞ」

「……わかった！　あたし、生きるから。絶対」

那沙は涙を拭きながら、いつもの笑みを浮かべようとするが、上手くいかなかった。

「あれ？　なんかおかしい。笑いたいけど、笑ってるけど、涙止まんないよ……」

秀星は那沙の涙を指で拭い、それから柔らかい髪に触れ、もう一度しっかりと抱き寄せた。強くて小さな少女は、その胸の中でしばらくむせび泣いていた。

「ねえ、あたしを星にしてくれる？　そしたら、ずっとみんなを宇宙から見守れるよ」

それは命の期限を背負う那沙の悲願。

そして、それができるのは秀星だけだ。

「必ず、やってみせるから」

「ありがと……さすが、あたしの秀星くんだ」

那沙が泣き止んで顔を上げた瞬間、それは、鳴った。

第四章　星になりたかった君と

八月十六日、二十一時三十五分四十一秒。アラームは鳴った。

「え！」

「なになになに？」

突然のけたたましいアラーム音に、ふたりは我に返った。

「おい、まさか、おい」

秀星は、大急ぎでリビングにあるシステム直結のモニターを確認する。

「今日、かよ……まさか、また、今日なのかよ！」

「え？」

モニターを見ながら、秀星は興奮していた。捕まえたかもしれない。

「なにか見つけやがったか！」

「うそ、うそ！　マジなの！　すごい！」

那沙のテンションも上がる。もう、いつもの元気な彼女だ。

秀星はデータを精査する。そこには、前回撮影された同じ撮影領域のデータと、今撮った写真の照合結果が示されていた。撮影範囲の中にひとつ、上と右横に白い白線で位置を示されている小さな光点がある。並べて表示された写真を見比べると、確かにそれは、前回のものにはなかった光だ。

これまでは、写野に捉えた小惑星状天体の検出ごとにアラームが鳴り、それはいちいち満彦のデータベースと照合しなくてはならなかった。それを、つい先日、自動照合に切り替えたのだ。だから、既知の天体であればアラームは鳴らないはず。誤作動でなければ、新天体の可能性が高い。

「電話！　電話だ！」

秀星はスマホにあらかじめ登録されている、国立天文台の番号をタップする。

『国立天文台です』

すぐに相手方が出た。秀星は必死で興奮を抑えた口調で発見情報を伝える。

「新天体の可能性のある光源を発見しました！　南中前のいて座付近です！　現在精査中ですが、ひとまずの第一報をお送りします！」

本来ならもう少し正確な位置情報を渡したいところだが、とにかく早い者勝ちである。悠長に構えていては発見者の資格を失いかねない。

『承知しました。記録しておきます。できるだけ早く精査情報を。彗星か、新星か、小惑星かまで判断できるくらいの情報をいただけましたら』

「ええっと、たぶん小惑星です！　いったん切ります！　すぐに赤経赤緯の情報はお送りしますので、そちらでも確認願えますか？」

『承知しました。では、お待ちしています』

まだ参考報告に過ぎない。

秀星はすぐに天体の位置情報を取得し、さらに経過観測するために掃天システムをいったん止め、新天体の疑いのある写野に様々な焦点距離のレンズを向けることにした。

小惑星や彗星なら、比較的短い時間で移動する。焦点距離が長いレンズになればなるほど、その動きは顕著に検出できる。一方、新星や超新星はその場を動かない。

検出写真ではまだよくわからないが、秀星の経験上、他の星と比べて若干いびつに写っているそれは移動天体のように思えた。

十分ほど、天体を追いかけながらの精密なガイド撮影を行えば、少なくともその光源が、太陽系内天体かどうかの判断はつく。そこから先、もし小惑星か彗星か、となれば軌道要素の確定が必要だ。今のところ、写真を見ただけではそのいずれかの判別がつかない。

「ね、ねえ、秀星くん、これ、なにか見つけた？　見つけたの？　あたし心臓のドキドキが止まらないよ！」

「いや、さっきの話聞いた後だとその表現は怖いわ！」

那沙は目を輝かせている。秀星は気が気ではないので、思わずツッコんでしまった。

「なにかがここにあるのは確かだ。こいつは写真写りのミスとかじゃない」

ふたりは次の写真の撮影が終わるのを、固唾をのんで見守った。

やがて、撮像データがモニター上に送られてくる。秀星はすかさず、それをさっきの画像と重ね合わせて確認する。

「移動してる。けっこう速いぞ。コマ集光もない。こいつは……やっぱり小惑星かも！」

「ねえ、コマ集光って何？」

那沙はモニターを覗き込みながら、秀星の服の袖を引っ張る。

「彗星の場合は、中央が明るくて周囲がもやっとして写ることが多いんだ。それをコマ集光っていう。けど、こいつは点状光源で移動が速い。かなりの確率で小惑星だ！」

「うそだあ……そんな……いきなり見つかったの？」

「そんなもんだよ、見つかるときは。これは、じいちゃんと那沙からの贈り物、だな」

「えと、えと、小惑星『那沙ちゃん』誕生なの？」

那沙はソワソワしている。だが、そうは簡単にはいかないことを秀星は知っている。

「まだだよ。ここから観測を重ねて、軌道要素が確定して、仮符号もらって、そこから命名権を得て、国際的に承認されないとダメなんだ。下手すると数年かかる」

「うわあ。大変なんだ……でも」

那沙は瞳を輝かせて、希望に満ちた笑顔で秀星に向き直った。

「でも、生きてたら、そのときを迎えられるね」

弾んだ声だ。生気に満ちた声だ。秀星は那沙の髪を撫で、そして、軽く引き寄せる。

「そうだ、生きてたら。そして、那沙はこれからも生きる。俺と一緒に」

「うん！」

那沙が、その腕にギュッとしがみついてきた。

「ありがと、ね。あたしもう大丈夫。手術受ける覚悟できたし、命、譲ってもらう覚悟もできた。五日後までに待機入院って言われてるし、補助人工心臓つけれなくてもずっと入院は変わんないから、明日から毎日デートだぞ」

「マジかよ」

「マジだよ」

秀星と那沙は、七夕に出合った地上の星だ。

彦星と織姫星の間には天の川が立ちはだかり、年に一度の逢瀬しかないという。だが、今その天の川の中に、ふたりは希望の星を見つけたのかもしれない。

しかも、一年前と同じ日に、新天体を発見するという奇跡が起きた。

秀星は信じたい。那沙の身にも奇跡が起きることを。

「あ、そうだ、写真を撮ろう」

満彦に言われていたことを、思い出した。那沙はきょとんとして、オウム返しに問う。

「写真？」

この最高に幸せな時間のふたりを、秀星は残しておきたいと思った。

「今日は、記念日だ。俺と那沙の小惑星が見つかったかもしれない、な。今日撮っとかないとな」

「そうだね！　時間は、後戻りしないんだから。……それに、ツーショット、まだないもんね」

ふたりは寄り添い、発見の功を成し遂げたであろう望遠鏡をバックに写真を撮った。

満面の笑みで写真に納まる秀星と那沙。

この写真は琴坂那沙が元気だったときの最後の一枚であり、秀星の生涯に亘(わた)ってこの天文台に飾られることになる。

この日は、ふたりにとって、最期まで大切な大切な記念日になった。

忘れられない、一日に。

八月十七日、日曜日。

昨夜、那沙は結局、天文台に泊まった。

ふたりの気持ちを確かめ合った夜は明け、また日常が戻ってくる。

今までと少し違うのは、これからの時間がふたりにとって、より貴重で大切な時間となっていくことだ。

「デート一日目〜。今日から秀星くんの彼女はあたしのお仕事〜」

「仕事かよ」

「えへへ、まあいいじゃん。永久就職っていうくらいだし」

那沙は前にもまして積極的になっていたが、秀星はまだ順応しきれずにいる。

「待て、話が飛躍してる」

「なんで？」

「あ、いや、まあ、いいけど」

「あー、なんでそっぽ向くのかなー？」

関係が変化したことで、明らかに那沙が優勢になっていたが、秀星も悪い気はしない。

「で、今日の買い物は？」

「ん、入院に必要なもの買いに行くの」

「なんか、リアルだな」

「仕方ないじゃん。一ヵ月どころか、下手すると年単位の入院だよ？　快適に過ごすためにも、何かと物入りなの！」

「へいへい」

やいのやいの言いながら街を闊歩（かっぽ）するが、秀星の頭の中は昨日見つけた小惑星のことでいっぱいだ。

軌道要素を確定させるには、それなりの複数観測が必要になってくる。ひとまずの発見の資格を得るには、二夜以上の観測が基本だ。さらには、その確定にあたる軌道計算をしてもらうまで、けっこうな順番待ちがあるらしい。望遠鏡の性能が向上し、天文観測衛星もたくさん打ち上がっている現在、太陽系内天体は、それくらいには発見頻度が高い。

「ねえ、今日も撮影するんでしょ？」

「ああ、もちろん」

「あたしも付き合う」

こうしていると、那沙はとても元気そうだ。秀星は、ふと病気のことを忘れそうになるが、いやいや、と首を振る。

「お前な、もう待機入院しなきゃいけないってのにおとなしくしてろよ」

「だって、気になるもん！　それに、もうすぐシャバとオサラバなんだよ？　次に秀星君と星見れるの、いつになるかわかんないし」

「それを言われると弱いんだけどな」

いったん入院してしまうと、基本的には病室暮らしだ。

心臓移植のドナーは突然現れる。そのときに、万全の態勢でいなければいけないのだから当然ではあった。

現時点では那沙はいたって元気だ。少なくともそう見える。

だが、それは、主治医がいうところの『奇跡』のなせる業であり、通常なら待機入院はもっと早かったはずだ。

「あんまり気になると、ドキドキして心臓に悪いじゃん」

「だから、その冗談笑えねえからやめろって！」

「あははは！」

買い物を終え、秀星の車で一度那沙の自宅へ荷物を置きに行き、そこから天文台へ行く予定だったが、那沙の自宅へ寄った際に、ばったりと雫に会ってしまった。

「あ、お母さん。買い物してきたよ」

「まったくこの子は……自覚しなさい」

「はいはいー、部屋に置いてくるね」

那沙はそのまま荷物を手に家へ駆けあがった。玄関先には秀星と雫だけが残される。すると、雫が小さく一礼して口を開いた。

「今朝、那沙から電話で聞きました。その……彼氏さんになったとか」

小さく微笑む雫からは、秀星に対する悪い感情は読み取れなかった。秀星は、少し照れながら、はあ、まあ、と短い返事だけを返すのが精いっぱいだ。

「嬉しそうに話してました。それに、なにか、小惑星？　見つけられたとか」

「あ、ああ、まだ確定じゃないですけど、第一報を国立天文台には報告してます」

「秀星さん、とても優秀な方と聞いています。どうか、娘をよろしくお願いいたします。病気のことはご存知でしょうし、気にかけてやっていただけると助かります」

「……大変な状況だ、と彼女からも聞きました。俺……僕は、それも含めて那沙さんのことが好きです。少なくとも天文台にはＡＥＤがあります。祖父の役には立たなかったんですが」

「心強いです。入院まで何もなければいいのですが、あの子の容態、実は……」

雫が何か言いかけたとき、戻ってきた那沙が割って入った。

「おかーさん！　余計なこと言っちゃだめだよ！　秀星くんが心配するし、心配してもどうにもならないことなんだから」

「でも……」

続けようとする雫だが、秀星はそれを制した。

「いや、いいですよ。ありがとうございます。彼女が言いたくないことを僕は聞かないことにしています。彼女も、僕の言いたくなかったことに踏み込まなかった。それが、那沙さんのいいところだと思いますし、僕も見習おうと思ってます」

そう、那沙は秀星の陰の部分に気づいていただろうに、それについては一切質問してこなかった。それは、秀星に興味がないのではなく、那沙の優しさだと理解している。

だから秀星も、那沙が語らないことは聞くまい、と決めていた。

「ありがとうございます。那沙を、よろしくお願いします」

雫はもう一度頭を下げて、ふたりを見送った。

車に乗り込んで、天文台を目指す。

那沙はさっきの話題には触れずに他愛のないことばかり話している。

「いい天気だー。もう一個見つかったりして」

「いや、さすがにそれはねえって」

四日後には、那沙の待機入院が決まっている。ただしドナーのあてなどない。これはどの待機患者も同じ条件だ。優先順位と適合性によって公平に選ばれることになっている。

秀星にできるのは、心臓のドナーが現れるのを祈ることだけだ。

だが、同時にそれは誰かの死を願うことであり、誰かが大切な人を失うことでもある。それを思うと、那沙の背負う運命(さだめ)の重さに心が震える。

「ねえ、あたしにも撮れる？　小惑星」

「ん？　ああ、撮れると思うよ。ほら、前にいろいろ撮る練習しただろ。アレの応用でできる」

「応用かあ。でも、要は赤道儀アライメントして、その小惑星の赤経赤緯入力して導入して、シャッターオン、だよね？」

「ああ、基本はそれだ」

那沙は物覚えがいい。学校にはほとんど行ってないと言っていたが、根本的に頭がいいのだ。

「よし、じゃあ今日あのおっきいので撮っていい？」

「いいよ、やってみな。俺は外にある中型の方で経過観測しながらデータまとめてるし。下にいるから、わからんかったら聞きに来いよ」

「む、ひとりでできるもん」

すでに主天文台の望遠鏡は扱い慣れたもので、難しい天体でなければ那沙ひとりで直焦点ガイド撮影ができるようになっていた。システム化が進んだ現代望遠鏡ならではともいえるが、飲み込みが早い那沙の素質によるところも大きかった。

天文台に到着後、軽食を食べながら、業界ニュースをチェックしていた秀星は、小さな記事に気付いた。

『NGC247超新星の疑問。新たな証拠が現れる。秋田氏をはじめとした疑義派が廣瀬氏を告発』とあった。

秋田老人とはあの後すぐに連絡を取り、証拠の状況とそのやり取りをした。昨日の今日というこの迅速さこそ、まさにハンター集団ともいえる動きだ。

「やるなあ、秋田さん」

「ん？　誰？」

「昨日の講演で知り合った、というか、じいちゃんの旧知の人。超新星の件で動いてくれたみたいだ」

那沙はひととおりニュースに目を通してから、秀星に視線をやって微笑んだ。

「いい方向に進みそうだね。第一報がどうなるかはともかく、不正は暴かれる！ っていうのは、いいことだと思う」

「そうだな」

満彦もそうだったが、那沙も、自分と祖父の第一報を何の疑念も持たずに信じてくれた。それは、秀星にとって大切な絆であり、信頼を構築するに足るものだ。特に那沙は満彦と違って、祖父のことを直接には知らない。その点で、より格別なものがあった。

那沙はひとり、主天文台に上がった。秀星は外にあるもう一台の望遠鏡を立ち上げ、データの収集の準備を始めた。

＊　＊　＊

那沙は慣れた手つきでドームを開き、望遠鏡のアライメント作業を始めた。

四十五センチもある望遠鏡はそれなりに大きいが、フルコンピューター制御なので、小柄な那沙でも問題なく扱える。

「あっらいめんと♪　あっらいめんと♪」

奇妙な節をつけながら、那沙はベガとアルタイル、そして、西に傾き始めているアークトゥルスなどで望遠鏡の初期設定を終わらせる。

「小惑星って、いて座だよね。もう少しは昇ってきてるのかな。まだ低いよね」

低空になればなるほど観測条件は悪くなる。いて座は南中していてもそれほど高度がない。もう少し待つ必要があった。那沙はそれまで他の天体を撮ろうと考えた。

「んーと、なに撮ろうかな。ドーナツ撮ろうか」

この望遠鏡は焦点距離が一八〇〇ミリメートルある。対象の天体によっては視野をはみ出してしまうが、その点、こと座のM57、通称ドーナツ星雲は、この望遠鏡で狙う対象としては最適なもののひとつだ。そして、名字に琴の字が含まれている那沙にとってもお気に入りの天体だ。

「よし、導入！　ばっちり真ん中！　すごいよねーこの望遠鏡。あたしみたいな素人でも使い方さえ覚えたらバンバン天体入るもん。これ、自分で入れろって言われたら絶対無理じゃん」

導入された天体は、電子観望という状態でパソコンのモニターに表示されている。あとは、このまま撮影に移るだけだ。

「んっと、ガイド星オッケー。ガイド状態良好。カメラのゲインはこんな感じで、五分の十二枚くらいでいっか」

撮影のデータをセットして、十秒後の撮影開始タイマーを始動する。

ここまでくると、あと一時間はやることがない。

下に降りてもいいけれど、那沙は何となく床に寝ころびながら、ドームのスリットの間から星を眺めていた。ドーム内は照明が落とされているので、わずかな機器のランプに照らし出された望遠鏡の影と、その向こうに覗く星空との対比が、那沙を何とも言えない安らかな気持ちにさせてくれていた。

「星……かあ。この空の先がずっと宇宙に続いてるんだ。不思議だなあ」

室内にわずかに響く望遠鏡の駆動音を聞きながら、那沙は物思いにふけっていた。

もともと星は好きだ。

秀星と出会ってからは、新星も超新星も小惑星も、そのほかいろんな宇宙の全部が愛(いと)おしく思えてきた。

気が付けば、秀星は那沙にとって大切な存在になっていた。

そんな人と、昨日、恋人になった。

「リア充だなあ、あたし」

充実してないのは寿命だけだな、と自嘲気味にため息をつく。

現在、日本の医療における心臓移植の成績は良好だ。ドナーが現れて手術が成功し、予後が良ければ十年生存率は九割を超えるという。

ただ、ドナーを待ちながら亡くなる人も一定数いる。

「十年後でもあたしまだ二十五歳なんだよね。せめてあと五十年くらいは生きたいよ」

最初の余命宣告から五年を超えた。

今の状態は奇跡だ、と主治医にも言われている。

「奇跡、か」

奇跡というものがあるなら、今すぐこの心臓を新品に替えてほしい。手術などせず、綺麗さっぱり治ってほしい。そんな夢を何度も見た。そして、目覚めるたびに絶望した。

「あたしと秀星くんの小惑星なんだよ。きっと今度こそ、秀星くんは第一発見者になって、あたしは言うんだ。『やったね、おめでとう』って」

小惑星は命名権を得てこそ大きな意味を持つ。そのための軌道要素の確定には時間がかかると秀星も言っていた。

「……生きなきゃ。あたし、生きなきゃ」

ずっと死と向かい合ってきた。死はすぐ隣にいて、いつでも那沙を呑み込むことができた。那沙も覚悟をしてきたし、生きることに諦めもあった。

けれど今日、那沙は生き抜きたい、と強く思った。

おそらく、余命の宣告を受けてから初めて感じた、生に対する執着だ。

「秀星くんの方は順調なのかな？　よっと……あつっ……！」

ひょい、と身を起こそうとした時、左肩の背中側に激痛が走った。

（え？　なに……？）

一瞬の激痛に全身の身体の力が抜け、那沙はもう一度床に倒れ伏す。

（うそ……力が入らない……息が苦しい……うそ、うそだよ……こんなの……やだ……）

薄れゆく意識の中、那沙は壁のボタンに手を伸ばした。

以前、秀星に教えてもらった非常ボタン。もともとは太陽のために作った緊急呼び出し用だ。どこで倒れても近くにあるように、いたるところに設置されていた。

（秀星くん、助けて……やだ……こんなの、や……だ……）

そして、那沙の意識は暗黒の世界に呑み込まれてしまった。

＊　＊　＊

秀星は階下のリビングで、昨夜自動で回しておいた撮影データをチェックしていた。

小惑星と思われる天体は、けっこうな速度で写野を移動している。軌道要素の確定のために国立天文台にも順次送っているが、あちらも混み合っていて、すぐには難しそうだ。

今夜の観測が順調に終わり、二夜目の観測データがそろえば、第一発見者にはなれるだろう。だが、それだけでは足りない。できるだけ早く命名権が欲しい。こんなことは考えたくないが、那沙が生きているうちに彼女の名前を付けてやりたいのだ。

それは、秀星にしかあげられないプレゼントに違いなかった。

そんなことを考えていたときだった。非常警報が鳴ったのは。

「え……！」

秀星は即座に状況を察知した。ＡＥＤをひっ摑んで、二階の主天文台へと駆け上がる。

「那沙！　おい、那沙！」

電気をつけて、すぐに目に飛び込んできたのは、床に倒れている那沙の姿だ。かろうじてボタンを押して力尽きたように倒れている。

秀星はすぐに脈をとる。

「……ヤバい……！」

なぜ、よりによって今日なのか。

祖父の太陽は、ちょうど一年前の八月十六日深夜、日付で言えば八月十七日に倒れた。時間は違えど、今日も八月十七日だ。昨日の発見といい、妙な符合に胸がざわめく。

「じいちゃん！　連れて行かないでくれ！　まだこの子には未来があるんだ！」

祈るような想いで叫んだ。

秀星は救急救命の講座を受けている。すぐに那沙の呼吸の有無を確認するが、止まっているか、それとわからないくらいに浅い。

この施設は登録されており、ボタンを押した時点で救急隊に連絡が入るようになっている。救急車はもうこちらに向かっているはずだ。

秀星はＡＥＤの電源を入れ、素早く那沙の上着をたくし上げた。除細動パッドを右胸と左わき腹に貼る。心臓マッサージをしながら、ＡＥＤの判断を待つ。すぐに電気ショックが必要であることを知らせる電子音が鳴った。

「よし、ショックだ」

ＡＥＤの電気ショック開始ボタンを押すと、ビクン、と那沙の身体が跳ねる。

「動いたか？」

すかさず鼓動を確認するが、まだ動かない。

「くそっ！　戻って来い那沙！　今死ぬときじゃねえだろ！　お前、生きるって言っただろ！　おい！」

次のショックの準備ができるまで、秀星は心臓マッサージを続ける。

「もう一発！　どうだ！」

再び那沙の心臓に電気ショックが与えられる。

「けほっ……」

少し咳き込んで、那沙の鼓動と呼吸が戻った。遠くからサイレンの音も聞こえてくる。

「よし……よし！　生きろ那沙！」

秀星は、泣いていた。

「お前の名前が宇宙に飛び出すまで、いや、飛び出してからもずっと生きるんだ！」

救急隊の到着を待って、彼らに那沙を託し、秀星は雫の携帯に電話を入れた。

那沙は、主治医のいる循環器病院に救急搬送されることになった。

「このたびは……まことにご迷惑を……そして、ありがとうございます」

病院の廊下で那沙の処置を待っていた秀星に、駆けつけた雫が深く頭を下げた。

「い、いや、とんでもないです……むしろ、俺が謝る方で……すみません……俺、病気のこと知ってたのに……待機入院だと聞かされたばかりなのに」

「ああ、那沙からそれも聞いたんですね。ですが、それは気になさらないで。むしろ、それを知ってなお、那沙と共にいてくださることに、感謝しかありません」

「え」

「あの子は、ずっと上手く友人が作れなかったのです。病気を告げれば『もうすぐ死ぬんだろ』と言われ、かといって、告げずに健常者と同じ生活をするのも寿命を縮める危険があります。子供は残酷です。そういったことへの配慮は期待できず、あの子も自然とひとりになりました。ですから、あなたのことを本当に信頼してのことだと思います」

「そう、ですか……」

那沙がどれだけ寂しい思いをしながら、それでも懸命に生きてきたのか、改めて思い知らされる。

「それで、容態は……」

雫の問いに、秀星は答えた。

「いったん止まった心臓はＡＥＤで動きましたし、呼吸もありました。処置が早かったので良かった、とは言われましたけど……」

そのまま、ふたりは廊下のベンチに座って、ただひたすら医師を待った。

どれくらいの時間が経っただろう。ＩＣＵから主治医が出てきた。

「先生、どうでしょう」

雫が真っ先に駆け寄り、那沙の容態を訊く。

「ああ、お母さん、ひとまず一命はとりとめました。ですが……ああ、えっと」

そこで、主治医は秀星の存在に気付いて、口ごもった。守秘義務もあって親族以外には詳細な容態は言えないのだろう。

「ああ、この方は大丈夫です。那沙の大切な方です。一緒に……」

「そうですか、ではこちらへ」

秀星は黙って、ただふたりについていく。

応接室のようなところに通されて、ふたりは主治医の前に座った。

「結論から申し上げて、可能な限り早い移植術が必要です」

「そんなに……悪いのですか」

秀星はなんとか言葉を発した。喉がカラカラに渇き、胸の辺りがむかつくような不快感に襲われながら。

「もともと那沙ちゃんがあのように動き回れていたこと自体が、奇跡だったのです」

「そんな……」

雫はハンカチで目を押さえ、うなだれている。

主治医は、特に秀星に向けてあらためて説明した。

「本当なら、もう移植の順番もめぐって、手術も済んでいるくらいの待機時間なのです。そして、病気の進行状況は、既に入院待機を数年送っていてもおかしくないステージなのです」

秀星はただ、下を向いたまま声を絞り出す。

「じゃあ、那沙の心臓は、本当ならもう……」

「その役目を終えていても不思議ではない、ということです。しかしここまで急速に機能が落ちるとは……。投薬でよい状況が続きすぎて、かえって油断を招いたとも言えます」

内科的治療で普段の生活が維持できていたのは奇跡だった。だが、それが仇になった。

「ここまで、といいますと……」

雫は力なく先を促す。覚悟していた事態なのだろう、取り乱してはいなかった。だが、手にしたハンカチは強く握りしめられており、感情を必死で抑えているのが見て取れた。

「現在は人工呼吸器をつけながら、心臓のポンプ機能の回復を期待して点滴を投与しています。ですが、どちらにしろ、早急の移植が必要です」

「ドナーは……」

消え入りそうな声で雫は問う。

「残念ながら、今の段階では何とも」

「そんな……！」

秀星は思わず立ち上がって叫んだ。

「お座りください。我々も悔しいのです。ご理解ください」

主治医もギュッとこぶしを握っていた。

誰も悪くない。悪いとすれば、状況だ。運命の神様がいるのなら、あまりの意地の悪さに文句のひとつどころか、百も千も言いたい。

「今夜はＩＣＵで監視する形になります。容態次第では個室病棟に移れるかもしれませんが、とにかく今日はお帰りいただくのが……ご家族が倒れてしまっては元も子もありません」

秀星は唇を噛んだ。

生死の狭間をさまよっている那沙に、医師でない秀星ができることはない。

「何かあれば連絡いたします。今日は、お引き取りください。秀星さん、迅速な処置、本当にありがとうございました」

雫がそう言いながら一礼する。医師は処置のために再びＩＣＵへと姿を消した。

秀星は、無力感に苛まれながら、帰るしかなかった。病院を出ると、空は秀星の心を反映するかのように、どんよりと雲に覆われていた。二夜目の観測は不成立だ。

「こんなときでも、俺は空を見上げるんだな。ちくしょう……」

天文家として染みついた習性が、今日はとてつもなく腹立たしく感じられた。晴れ渡った空のような笑顔の那沙の命を、この雲が吸い取っていくような気さえしていた。

自宅へ帰る気にはならなくて、秀星は、やはり天文台に帰ってきた。

ここで祖父が倒れ、ついさっき那沙が倒れた。

「呪われてんのかな、ここ」

ふと、そんな気持ちになる。

だが一方で、祖父が倒れた日に超新星は現れ、那沙が倒れる直前にも小惑星は見つかった。

人の命を吸い取って新天体を見つける天文台なのかよ、と悪態をつきたくもなる。

「結局、人は死ぬんだよな。宇宙だって、いつか死ぬんだ」

秀星が宇宙を好きなのは、その途方もない大きさと、あらゆる常識が通用しない謎だらけの世界が魅力的だからだ。宇宙を感じると、それこそ人間などちっぽけに思える。

「でも、小さいなりに、あいつは頑張って生きてきたんだ……もし今、ドナーが出れば、那沙は助かるかもしれないんだ。どうせ毎日、誰か死ぬ……使える心臓だって山ほどあるだろう！　那沙のために死んでくれよ！」

言ってはならない言葉だ。あまりにも利己的で、非難は免れないだろう。それでもこれは、秀星の正直な気持ちだ。

助からない命を終わらせないことで、助かるはずの命が助からない。

もし死に瀕（ひん）している命があり、蘇生（そせい）の可能性もないならば、いち早く死なせてドナーに回す、そんなことができてもいいではないか。簡単な算数に思えて、これほど答えの出ない問題はない。

そこまで考えて、秀星は我に返る。

心を闇に蝕（むしば）まれたところで、事態は好転しない。

「あ、なんか来てる」

モニターを見ると、メールの着信があった。国立天文台からだ。

『件（くだん）の小惑星らしき新天体、国外各地域の観測施設で悪天候のため確認できず。昨夜に日本の複数施設では確認したものの、二夜目の本日は全国的な悪天候のため充分な観測できず。発見の確定にはまだ観測が不足しており、今しばらくのご猶予をいただきたく……』

「ご猶予、か」

秀星にはまだ時間がある。だが、その命名権の獲得を真っ先に知らせたい大切な存在は、今、死に瀕している。猶予などなかった。

「なんとか、ならねえのかよ……！」

思わず机に拳をたたきつけたくなる衝動に駆られる。

実際、秀星の元でも観測データは豊富とはいえなかった。予報では今日以降、あまり天候が良くない。秀星は昨夜、多少の観測データを得たが、有意というにはまだ遠かったし、そもそも二夜目の観測が成立しないと第一報すら怪しくなってくる。国立天文台が提携している各国の観測施設でも軒並み悪天候に襲われ、発見翌日の観測がほとんどなされていない。

「自然相手だ……仕方ないのはわかる。わかるけど……！」

焦っても何もできない。だが、それが秀星を苛立たせる。

——電話が鳴った。

着信音にビクッとした。まさか那沙の容態が悪くなったのか、と恐る恐る画面を見ると、先日番号を交換したばかりの秋田老人の名前があった。

「もしもし」

『おお、秀星くんか。わしじゃ、秋田じゃ。朗報じゃよ』

「朗報?」

『例のNGC247の超新星な、廣瀬の第一報が破棄されそうじゃ』

「本当ですか?」

『うむ。君の出した資料から、第二報の方が第一報である信頼性が高い、という判断が大勢を占め始めた。もっとも、スミソニアンの連中に、わしと長野君が殴り込んだからじゃろうがな』

「長野さんって……あの、天体軌道計算の……!」

秀星は驚く。秋田は、電話の向こうで愉快げに笑った。

『そうじゃ。もともとスミソニアンにアマチュア天文家の新天体発見通報制度を確立した男じゃてな。頭の上がらんやつも多いわ』

長野秀一は世界に名の轟く軌道計算の大家だ。彼の手によって今まで明らかにされていなかった天体の軌道が確立されたり、計算に基づいて再発見されたりと、彼の成果は枚挙にいとまがない。そんな人物と旧知である秋田も、やはり相当な人物だ。

『君のデータの信憑性が高かったのもある。だから、自信をもって第一報を名乗れる日が来ると思うぞ』

「そうですか……ありがとうございます」

　朗報には違いなかったが、秀星には今それよりももっと気がかりなことがある。喜ばしいことなのに、はしゃぐことができなかった。

『どうした、元気がないのう？』

「ああ……あの、昨日見つけた小惑星の観測が上手くいかなくて……」

　電話の向こうから、ふむ、と小さな声が聞こえた。

『君が第一報を入れたとは聞いた。いや、太陽と君の執念の賜物と言いたいが……ふむ、各国の提携機関では観測できておらんのか？』

「そちらも天候不良とかで。観測がほとんど上がってないんです」

『そうか。まあ、こればっかりは焦らぬことじゃ。なに、世界の空は繋がっとる。世界中のハンターが新発見天体をひと目見ようと躍起になっとる所じゃ。朗報を待て』

「はい、ありがとうございます」

礼を告げて電話を切った。

「世界の空は繋がってる、か」

秀星はその言葉を聞いて思い出す。

――ねえ、この空って、世界中に繋がってるんだよね？――

――でさ、この空の先って、宇宙の果てまで繋がってるんだよね？――

――それって、すごく不思議だよね。ほら、あの星。あれが今見えてるってことは、あの星から今あたしがいるここまで、それを遮るものがないんだよ？――

那沙の言葉だ。

そうだ。

空は繋がっている。そして、空の先には宇宙がある。それを信じるしかなかった。

だが、事態は秀星の予想をことごとく裏切っていくことになる。

八月十八日、月曜日の午後。

天文台のリビングで寝落ちしていた秀星は、雫からの電話で起こされた。

『那沙の意識が戻りました……！』

朗報だった。昨日の超新星の話など、もうどうでもいいくらいの朗報だ。

「すぐに行きます！」

眠気も一瞬で吹っ飛んで、秀星は車に飛び乗ると病院へ向かった。

那沙は個室病棟に移されていた。案内され、恐る恐る扉を開く。

「あ、秀星くん！　やっほー」

「那沙……！」

あっけらかんと、いつもの調子で迎えてくれた那沙に、秀星は安堵のため息をついた。

「あはは、心配かけちゃったね。ごめんね」

「心配とかってレベルじゃねえ……お前、一度心臓止まったんだぞ！」

「らしいねー。秀星くんがいなかったら死んでたねー」

「死んでたねー、じゃねえよ。こっちの寿命が縮んだぜ」

「あっはっは！」

いつもの那沙だ。ベッドの上に上半身を起こして笑っている。とても死にかけたとは思えない。

だが、身体には点滴や検査機器など、いくつもの管が貼り付いている。ベッドの傍らにはドラマや映画でよく見るような心電図があり、那沙の鼓動をモニターに映し出していた。

「で、どうなんだ」

「ん？　そうだね、最悪、余命数日かもね」

那沙はさらっと、まるで他人事(ひとごと)のように、言った。

「……え？」

「ドナーが見つからなければ、心臓は交換できないじゃん。でも、あたしのために今すぐ誰か死んでください、なんて言えないよね。たとえもう助からないとしても、最期の瞬間まで生きる権利が、その人にはある。だから、あとはタイムトライアルだって」

「…………」

言葉をなくす秀星に向かって、那沙は柔らかい笑みを向ける。

「あたしが聞きたいって言ったんだ、余命。いつもそうだよ。あたしは知りたいことをストレートに聞いて、その真実の答えをもらってきた。だから、あの先生は信頼できるの。あたしの心臓は、もう……」

那沙の肌は、白いのを通り越して、もはや青白くさえ見えた。

「ごめんね、秀星くん」

「いや、ごめんとかは……」

そんな言葉はいらない。元気になって、また一緒に星を見よう。そう言いかけたが、言葉にならなかった。

「ちょっと、横になっていいかな」

「あ、ああ、もちろんだ」

上半身を起こしているのも本当は辛かったのかもしれない。さっきまでの朗らかさはなりを潜め、横になった那沙は少し息苦しそうだ。

「あたしね」

言葉を切りながら、那沙は話し始めた。

「今度の土曜日、誕生日、なんだ」

「そ、そうなのか。じゃあ、なにか、お祝いしないとな」

今度の土曜日。五日後だ。今の那沙にとって、五日は長い。

「お祝い、してくれる、の？」

「あたりまえだろ」

そう言いながらも、秀星は身体の震えが止まらないのを自覚した。那沙は、深呼吸をするようにゆっくり息を吸いながら、ひと言ずつ話す。

「じゃあ、ね、ひとつ、だけ、お願い」

「なんだ？」

那沙は、しばらくじっと秀星の顔を見ていた。そして、掛布団を巻き込みながら反対側に寝返りを打った。そうすると、秀星の方から那沙の顔は見えない。

「あの、ね」

もじもじと、顔だけで振り返る。頬が真っ赤だ。肌が白いだけに、上気が目立つ。意を決したように、那沙は身体ごと秀星の方に向き直った。そして、布団からそっと出した手を、秀星の指に絡ませる。

「結婚、して」

口元を布団で抑えるようにしながら、消え入りそうな声で言った。

「え？」

秀星は、思わず聞き返した。那沙は、今度ははっきりと、秀星の眼を見て言う。

「あたし、十六歳になるの。あたし、結婚できる、よ。独身で死ねって、言うのかな」

ひと言ずつ、やっとの思いで声にしながらも、那沙は再び身を起こそうとする。

だが、それは秀星が制した。

「ね」

もう話す体力がないのか、短くそれだけ言って、あとは秀星を見つめている。

答えを待っている。

「わかった……紙を、婚姻届、すぐにもらってくる！」

秀星が意を決して役所へ駆けだそうと振り返ったとき、そこに那沙の両親がいた。

「あ！　えっと、いまの……」

聞かれていたのか、と焦った。

「あ、お母さん、もらってきてくれたの？」

「ちょうど今、もらってきたところよ」

那沙はあらかじめ雫に頼んでいたらしい。雫は婚姻届を秀星に差し出した。

「那沙の願い、叶えてくださるのなら、私どもとしては反対する理由などありません。ただ、その……」

雫の言わんとしていることが、秀星にはわかった。土曜日に届を出したとして、夫婦でいられる時間が果たしてあるのか、ということだ。

雫の後ろには、那沙を溺愛していそうな、穏やかな雰囲気の父親がいた。彼は、秀星に静かに頭（こうべ）を垂れた。

「……必ず、幸せにします」

「おっとこ、まえ……だね」

那沙が花のように笑う。

秀星はその場で婚姻届に記入した。那沙も秀星に身体を支えられながら自筆で記入し、証人には那沙の両親がなった。

「楽しみだな、誕生日……」

「そうだな。日付変わったら、すぐに出しに行くから」

「うん」

その日の会話はそこで終わった。那沙が相当な疲れを見せたので、ドクターストップがかかってしまったのだ。

秀星は、婚姻届を那沙の両親に預け、天文台へ戻ることにした。

病院を出て空を仰ぐ。今日もまた曇りだ。世界はどうだろう。

秀星にできるのは、一刻も早く小惑星の命名権を得ることだ。

そのためなら、何でもする。

今日、那沙の意識が戻ったと聞いて、まだ大丈夫だと思った。

しかし、実際に会ってみて、秀星は感じた。

那沙の命の灯は、もう消えかかっている、と。

二度目の新天体の発見。それも、お目当ての小惑星という奇跡が起きた。

神様に情けがあるのなら、もうひとつくらい奇跡を与えてくれ――そう願わずにはいられなかった。


待機医療を受けている人はたくさんいる。それに比して、臓器移植ドナーとなる意思表示をしている人は少ない、と言われている。

事実、秀星もこれまで意思表示カードに興味を持ったことはなかった。

那沙の病気を調べるうちに、今はインターネットでも意思を登録できると知った秀星は、那沙には内緒で登録した。

登録してみると、今まで見えなかったことが見えてくる。

日本の臓器移植の現状、特に生体間移植が不可能な心臓移植のレシピエントは、深刻な臓器不足に陥っていた。

もし、もう助からない末期医療に入ったとき、自らの臓器で誰かを助けられる、となれば、自分はどういう判断を下すだろう、と考えることが増えた。

今なら、延命を望まないな、と秀星は思う。

「ひとりが死んで、複数が助かる。それが臓器移植なんだ」

天文台へ向かう車の中で、いろいろな考えが頭を巡る。

この手の議論はとても難しい。そして、不測の事態を避けるためにも、ドナー情報は一切が極秘となる。

「わかるんだよな……公開できない情報だってことは。もし、どこかの誰かが那沙に適合する心臓を持っていて……」

そして、その人物がもう助かることのない死に直面しているとしたら。

「その心臓をください、って、思わないと言えば嘘になるよな」

だからこそ、移植の斡旋(あっせん)はしかるべき医療機関と臓器移植コーディネーターと呼ばれる専門機関に委ねられ、親族間の生体間移植でもない限り、ドナーとレシピエントの間で一切の個人情報は取り交わされない。

これは、命の助かったレシピエントが、ドナーやドナーの遺族に名を告げてお礼も言えない、また、ドナー側の関係者が、ドナーの臓器や命でどこの誰が助かったのかもわからない、という弊害を生むが、それ以上の公益性がある、と見做(みな)されてのルールだ。

「でも、どこかに那沙のための心臓はあって、もしかすると今、その所有者は死に瀕しているかもしれないんだ」

独善的な考え方だ。そんなことは秀星も自覚している。

でも、那沙はこのままでは助からない。秀星は一縷(いちる)の望みをかけて、タブーを冒す決意をした。

天文台へ到着すると、真っ先にパソコンに飛びつき、ＳＮＳの新規アカウントを作る。

アカウント名を『命をつないでください！　心臓が必要です！』というセンセーショナルなものにする。短期間で人目を引かなくては意味がないからだ。

『ある女の子が心臓病で死にかけています。今もし、もう助からない死に瀕している人がいるのなら、延命措置を止めてください！　お願いします！　その心臓が彼女に届くかもしれない。恥知らずなお願いとわかっています。でも、僕にとって大切な人で、移植すれば助かる可能性が充分にあるのです。もう、彼女の命の期限が迫っています！　もう助からない、というとき、ご家族の判断で生命維持装置を外せると聞いています。死にゆく命を早めてでも、彼女に命を与えていただけないでしょうか。非難は覚悟の上です。炎上目的と思われてもいいので拡散してくださいい！　このメッセージがドナーの関係者に届いてほしい！　どうか、どうか！』

一投稿には文字制限があるので、発言をスレッドにして、いくつかに分けて書き込んだ。あとは、送信ボタンを押すだけだ。

覚悟は決めた。もうこの方法しか、秀星には思いつかなかった。

そして、この種の意見には賛同と同じかそれ以上の、極めて常識的な正義の拳を振るわれるのもわかっていた。場合によっては、特定班と呼ばれる連中が面白がって、秀星や那沙やドナーのことを嗅ぎまわるかもしれない。そうなったらどうする？

そんなことを考えていると、送信ボタンを押せなくなった。

「何やってんだよ俺は……」

秀星は唇をかんで、押すのをやめた。ただ、センセーショナルなアカウント名だけが残った。

これが一片の合理性を備えたものであっても、やはり道義的には誰も許さないだろう。心で思うのは自由だ。だが、公言してはいけない種類の思考というものはある。

自分は踏みとどまった。踏みとどまることで、那沙の命の尊厳を守ったんだ、と言い聞かせる。

「それでも、俺は那沙に生きてほしい。誰かの命と引き換えになるのは、もう避けられないんだ。だから、早く誰か……」

秀星は一旦その画面を閉じ、小惑星の状況を確認した。

メールが数件来ている。国立天文台と秋田からだ。

「……消えた？」

発見から一日以上の観測空白のうちに、秀星が見つけた座標周辺にそれらしき天体が写らない、という報告だった。秋田からのメールでも同様の状況らしかった。

とはいえ、秋田自身も秀星と同じく悪天候に阻まれている。両者の報告は、海外からのわずかな観測報告をもとにしたものらしい。

『快晴状況の観測報告はまだなく、確定ではないが、雲行きは怪しい』というのが秋田からのメールだった。

「くっそ！　失踪天体かよ！」

天文学の世界では稀に、一旦見つかり、複数の天文台で観測されたにもかかわらず、消え失せてしまう天体がある。それを『失踪天体』と呼ぶ。

歴史的な失踪天体としては、金星の衛星として発見され、命名までされた『ネイト（ニース）』がある。十七世紀末に最初の観測が報告され、十九世紀末までその存在が論議され、現在では何らかの誤認であると言われているが、真実は闇の中だ。

その他にも例はたくさんあり、軌道要素が確定された周期彗星が、一世紀にわたって再観測されなかったという例もある。

現代の数学と物理学は、かなりの正確さで天体の軌道を確定し、予想できる。そうでなければ外惑星探査機や彗星、小惑星へのランデブー観測など不可能だ。

しかし、現代の物理学をもってしても行方不明になる天体は時折発生する。まして、観測日数わずかの小惑星が、突如予測もしていない軌道をたどり、本来あると推測される場所から消えてしまう、というのはありえない話ではない。

めったにあり得ないような世界的悪天候が、最悪の目を出してしまった。

「なんてこった……！」

小惑星は比較的発見されやすい、と言われているが、じゃあもうひとつ見つけましょう、というわけにはいかない。あれは、新米ハンターの秀星にとって、那沙の名を記すための唯一無二の希望だ。

秀星は外に出て空を仰いだ。

「……晴れるか……！　これから晴れるぞ！」

雲はまだ多いが、雲量レーダーのサイトを確認すると、今夜は雲が少なそうだ。

「行けるかもしれん。自分の目で確かめてやる」

だが、もしそれでも観測できなかったら……とは考えたくなかった。第一報は済んでいるとはいえ、不明になってしまえば命名権どころではなくなってしまう。


八月十八日、月曜日。二十時過ぎ。

その夜は、晴れた。

「よし」

観測に入る前に雫に電話して那沙の容態を確認したが、今は安静に眠っているという。体力の温存を兼ねて、一日のほとんどを眠って過ごす方針になったらしい。

つまり、覚醒している那沙と会えるのは、午前中のわずかな時間、ということになる。

秀星は、主天文台の望遠鏡のサブプレートに広写野写真専用望遠鏡を据え、本来小惑星がいるはずの位置を撮影してみた。

発見時の写真等級は約十六等級。小惑星としてはまだ明るい方だ。この明るさであれば、画角の狭い四十五センチの主砲ではなく、広角のシュミットアストログラフと呼ばれる写真専用鏡の方が効率がいい。

以前の撮影ならほんの十分で移動が確認できた。一時間もかけて広範囲の写野をカバーしながら撮れば、その周辺に目当ての小惑星がいれば必ず確認できるはずだ。

しかし、報告通り、そこにはいなかった。

「ない……ないじゃねえか！」

少しずつ写野をずらして、ほぼ一晩、予測星域をくまなく撮影してみたが、小惑星の姿は映らなかった。

「くっそ！　どういうことだ！　お手上げかよ……！」

観測日数が少ないため、軌道要素はまだ正確なものが出ない。その上、行方不明となれば再発見は難航が予想された。しかも、いて座の方向は天の川の中心地で微光星が多い。もし小惑星の見掛け上の移動量が少ない状態になっていれば、星に埋もれて見つからないということさえありうる。

「何か方法は……何か……」

秀星は考えた。偶然に頼って見つかるものではない。宇宙は広大であり、地球から見えている半分の天球ですら、所在不明になった小惑星を何の道しるべもなく見つけ出し、同定するのは至難の業だ。

さらに現状、軌道要素がわからない天体で、どれくらいの距離、位置にいて、どんな天体の影響を受けているかもわからない。恐ろしい偶然ではあるが、他の小惑星と衝突して弾き飛ばされた可能性すらある。

秀星とて、宇宙物理学を専攻する学生だ。仮定の値を取ってごく標準的な軌道要素の計算もできる。だが、それに従ってみても成果は出なかった。

「軌道、計算……？」

その言葉に引っかかった。

そうだ。いたではないか。このシステムを一緒に組み上げ、しっかり成果を出している男が。

「満彦だ……！　あいつに頼むしかねえ！」

秀星は満彦に電話をかけた。鳴り続ける呼び出し音が焦燥感を募らせる。

『もしもし』

「俺だ！　秀星だ！　助けてくれ！　お前の力が欲しい！」

『うわっ！　いきなりなんだよ！　お前、小惑星見つけたんじゃねえのかよ？』

システムデータは満彦の元にも送られている。当然、彼も秀星の発見を把握していた。

満彦は、秀星の早口の説明を黙って聞いてくれた。そう、あのときのように。超新星の第一報を奪われたことが発覚した、あの夜のように。

「お前の失踪天体再発見プログラムに頼るしか、ないんだ！」

全てを言い終えた。ちゃんと伝わっただろうか。上手く言えた自信がない。

だが、満彦の答えは明確だった。

『事情はわかった。データの連携をさせたりしなくちゃいかんが、とりあえずお前もすぐにこっちへ来い。発見者からの事情聴取は、このシステムにおいて重要なんだ』

「ありがとう！　ありがとう満彦！」

『最高級のシャトーブリアンが食いたいな』

「任せろ！」

相変わらずの軽い調子で大任を引き受けてくれる満彦に、秀星は感謝する。

空はもう天文薄明を終え、明るくなってきていた。

この空の向こうに、『奴』はいる。絶対捕まえてみせる。秀星はそう心に誓った。


八月十九日、火曜日。

満彦の待つ研究室についたのは、午前六時前だ。早朝ではあったが、雫に電話し、那沙の起きている時間を確認して、十一時ごろには見舞いに行く、と伝えた。

「満彦、どうだ？」

「んむ、なかなか厳しいな。だが、いくつか可能性は見出(みいだ)した」

「マジかよ、お前すげえな！」

「もっと褒めろ。結論から言うと、初日の観測データから予想して、こいつ、かなり地球の近くにいると思うぜ。ま、落ちてくるほどじゃないにしろ、軽くスイングバイみたいな動きをする可能性がある」

「スイングバイ？　天体同士でか？」

スイングバイとは、探査衛星などの方向転換や、燃料節約、推力不足の補完などのために、惑星やその他天体の重力を利用して、探査衛星の加速、減速などを行う宇宙航法だ。

天体同士の重力相互作用についてはスイングバイという言葉は使わないが、重力によって挙動が変わるという意味で、満彦は使ったようだった。

「正確には違うけどな。でも、地球の重力に影響されて近傍で加速する可能性はある。軌道要素がわからんから何とも言えんが……。小惑星ってえのはとにかく小さな天体だ。今みたいな不確定要素の多い中での惑星の重力の影響ってのは、リアルタイムで計算してハイその通り、ってわけにはいかないんだ。予測は難しい」

「じゃあ、近傍で何らかの理由で加速して、通常予想範囲から外れた、ってことか?」

「仮説だがな。普通の軌道計算じゃこんなアホな予測は出ない。俺のシステムだから出る」

「それは、すげえのか?」

「ここで見つかれば、すげえと証明できる。頼むぞシャトーブリアン秀星」

ぐっと親指を立ててみせる。それが満彦流の気遣いということも、秀星は知っている。

「お前もう肉のことしか頭にねえな？　で、予測星域はどの辺りだ？」

「ここと、ここと、ここ。ダークホースでこことここ」

「おいおい、おひつじ座星域まで移動してるって、あり得るのか？　二日だぞ？」

「お前、宇宙ってやつが何するかわからんことくらい、知ってるよな？」

「ああ」

宇宙は人智を超える。ひとつの謎を解明すれば、十個の謎が生まれる、とさえ言われる。

人類の物理学がどれほど進歩しようとも、たったひとつの小惑星の軌道すらわからないことはある。

「じゃあ、疑う前に観測だ。俺たちは、そういう生き物だろ」

「ふん、そうだな。わかった、やってみるか、しかし……」

今日はもう夜が明けている。しかし、夜まで待つのがまどろっこしい。

「それでも地球は回っている。だ」

満彦が呟(つぶや)いた。その意味に秀星も気づいた。

「この空は、繋がっている」

「イエース」

天文家たちの、誇りある呪文だ。いや、祈りの言葉と言ってもいいかもしれない。

地球は回り、世界のどこかに必ず夜がある。空は全て繋がっていて、その先には絶対に宇宙がある。

「パソコン、借りるぞ」

秀星は、国際小惑星フォーラムの掲示板を開いた。ここは世界中からの観測の照合依頼や、小惑星に関する話題で一日中盛り上がっている場所だ。

その掲示板の、『新天体確認観測依頼』のスレッドに書き込む。

『八月十六日、UTC：十二時三十五分四十一秒（JST：二十一時三十五分四十一秒）にいて座付近にて小惑星を発見、発見時暫定位置情報、RA = 18h 22m 21s、Dec = -32°21′08″。国立天文台に第一報、その後二日近く悪天候により観測が不可能になり、二夜目の観測が未達。その間に天体が失踪。国際機関でも失踪を確認済み。至急、再発見観測の協力を請う。この小惑星に、愛する人の名前を命名したい。しかし、彼女は既に末期の心臓病で、移植以外に助かる方法がなく、ドナーが現れるかどうか非常にきわどい瀬戸際の状況に置かれている。一刻も早く軌道要素を確定し、命名権を得たい。彼女の名前をこの星につけたい！　失踪後に出現が予想される星域は以下の通り！　世界の空で繋がっている同志たちよ。力を貸してくれ！　日本　鷲上秀星』

ＵＴＣは協定世界時、国際的に宇宙を語る際には必須だ。

ＪＳＴは日本標準時、ＲＡとＤｅｃは天球上の位置を示す座標で、赤経と赤緯を現す。地球儀で言う所の経度と緯度だ。

秀星はこれを国内外向けに、日本語と英語で併記した。

送信ボタンを押して掲示板に投稿を完了する。すると、瞬く間にスレッドが爆発的な盛り上がりをみせた。

『オーケイ任せろ！　今日は晴れてる！　吉報を待ちな！』

『失踪天体も熱いが、何だよこの予測星域！　ぶっ飛んでんなあおい！』

『Washigamiってあんたもしかして、Taiyoの関係者か？　俺、昔日本で世話になったぞ！　任せな！』

「すっげえ……なんだよこいつら……すげえよ」

あっという間に、どこから湧いたのかわからない世界中のハンターたちがコメントを返してきた。中には、いくつも彗星を発見しているような、有名なコメットハンターもいる。

「おいおい、なんかえらいことになってんな」

満彦はにやにやと興味深げな笑みを浮かべながら、秀星を小突いた。

「聞いてねえな。大切な人の名前を付けたいとか、JKちゃんが病気とか」

「い、いや、その、それは軌道要素に関係ねえだろ！」

「いいや、あるね。俺のやる気に大いに関係する。……彼女、危ないのか？」

最後のひと言だけは、満彦には珍しい真剣な口調だ。

「ああ。一昨日倒れて、一度は心臓が止まった。今は移植のドナー待ちだが、それもぎりぎりの状況だ」

「そうか……なら、より正確な位置を俺も詰めていくか。観測情報は随時こっちに流すように言っといてくれ」

「満彦……」

「変な顔すんなよ。俺は純粋に自分のシステムの力試しをしてるんだ。だが、かわいい女の子が苦しんでるのは好きじゃない。こっちが上手くいけば、その娘に元気の欠片(かけら)くらい渡せんだろ？　俺は、その手伝いを少しだけしたい。そういうことだ」

「お前、ホントにいい奴だな」

「ふたりで写真、撮ったんか？」

急に聞かれて、秀星は面食らった。だが、そういえば、満彦に言われていたことだった。

「ほら」

あの発見の日に撮った写真。秀星に寄り添い、満面の笑みを浮かべる那沙の姿を満彦に見せた。

満彦はそれを見て静かにうなずき、モニターにびっしり羅列される数字をしばらく眺めてから、言った。

「その笑顔、絶対失(な)くしたくないな。……やる気出てきたぜ。こりゃシャトーブリアン一枚じゃ済まねえなあ」

「ああ、ああ、何枚でも食えよ……」

親友の心意気が嬉しい。気づけば涙があふれていた。

「泣きながら言われても、俺、食いにくいじゃねえか」

「うるせえ……！」

満彦や秋田、他にも、世界中の天文家たちが今、秀星と那沙の夢——いや、もはや手の中にあるといってもいい悲願の実現に向かって、持てる能力のすべてを注ぎ込もうとしている。

それは何の得にもならないし、彼らの栄誉にもならない。ただ、熱い天文家の魂が皆を突き動かしている。そう、廣瀬のような姑息(こそく)な奴は滅多にいない。だからこそ一年前、秀星は深く傷ついた。

だが、今、そんな秀星のために世界の空が繋がっていく。

「世界の空が、繋がっていくぜ。那沙、お前の命もきっと、繋がる……」

それは祈りだ。那沙が言った、そして天文家たちがいつも胸に宿す、祈りと畏れの言葉。表現の仕方は様々だが、意味するところはみんな同じ魂の祝詞(のりと)だ。

『この空は世界で繋がっている。そして、空の先は宇宙の果てまで繋がっている』

天文家たちは、そんなロマンを胸に、今日も夜空を見上げている。

午前十一時。約束通り秀星は那沙の病室にいた。この時間だけは絶対に他に回せない。あとのことは満彦に託してきた。

「あ、秀星くん。おかえり」

「おかえりはおかしいだろ」

「あたしのいる所が、秀星くんのおかえりの場所なの」

今日は幾分調子がよさそうに見える。だが、それも本当のところはわからない。

「無理してないか？」

「大丈夫だよ。今日はいい感じ。あの先生、投薬が神がかってるんだ。だから今まで元気にやれたの。でもね、食欲はちょっと、ないかな」

「そうか。しっかり食えよ。食わないと体力つかねえぞ」

「いいの、ちょうどいいダイエットだし」

那沙は軽口をたたいているが、食欲が落ちているのは良い兆候とは言えなかった。

「ずっと寝てるし、退屈。ねえ、小惑星どうなった？」

「あー、ちょっと面倒なことになってる。行方不明になっちまった」

「え、行方不明？　それじゃ……」

「命名権以前に、もう一度捕まえないといけない。でも、すごいぜ？　今、世界中の天文家が協力してくれてる。空が、繋がってるんだ」

「そっか、じゃあ、きっと見つかるね。大丈夫」

那沙は空を仰いだ。といっても、見えるのは病室の白い天井だけだ。

「また、宇宙の果てまで繋がる星の下で、秀星くんと見れるかな」

「かな、じゃない。絶対に一緒に見るぞ。那沙の名前の付いた小惑星もな」

「うん、その意気だね。がんばれ！」

「頑張るのは……いや、那沙はずっと頑張ってきたんだもんな。尊敬するよ」

「あ、しおらしくなるのダメダメ。あたし暗いの好きじゃない」

「おっと、すまん」

一番つらい那沙が明るく振る舞っているのに、自分が落ち込むとは情けない限りだ。

「毎晩ね、夢見るの」

秀星は那沙が差し出してきた手を取った。すると、小さな手がきゅっと握り返してくる。

「心臓がきたぞ、って。急いで手術だって。でね、次に気が付いたらもうぴんぴんしてて、息苦しさとかもなくて、あたし、全力で走り回ってんの。おっかしいよね。リハビリとか、どこ行ったーって」

楽しそうに話す那沙は、死期が迫った人間には見えない。どこか現実感のなさを感じる。

「だから、きっと、大丈夫だよ。秀星くんは、小惑星しっかり見つけて。あたしの名前がかかってる」

「わかったよ。誕生日までには見つけたいね」

「うんうん、いいプレゼントだよね。結婚記念日にも、なるんだし」

「結婚、記念日か」

いつも那沙は好意を前面に押し出してくる。秀星はまだそれに慣れなくて、ついうろたえてしまう。

「ね、小惑星に名前付けるなら、あたし、『鷲上那沙』って、つけてほしいな。この場合、名字も大事だよ」

「え、いや、その、おい……」

突然自分の名字を名乗られ、秀星は面食らった。嬉しくも、恥ずかしくもある。

数日後には、琴坂那沙は鷲上那沙になる。だからこそ、フルネームでつけてほしい、というのだ。そのストレートな愛情表現こそ、那沙が今まで必死に生きて得たひとつの回答なんだと思うと、愛しくて仕方がない。

「わかったよ、約束する」

「うん、約束がたくさんあるのは、いいことだよ。あたしも、それを見届けるからね」

那沙の誕生日まで、あと四日。

それまでにすべてが解決すればいいのに、と秀星は心から祈っていた。

那沙が眠りにつく時間になったので、秀星は再び天文台へ向かった。

まだドナーは見つかっていない。

もっとも、見つかるときは突然だ。そして速やかに移植の判断をしなくてはならない。だからこその待機入院でもある。

「……早く」

秀星には祈ることしかできない。向き合うべきは宇宙だ。

「満彦、どうだ」

天文台についてすぐ、秀星は満彦に連絡を入れてみる。

『はかばかしくない。だが、とても楽しい。予測地点で『観測できなかった』というデータは世界中から届いている。でな、それをもとに再計算している。おい、ことによるとこいつは大発見かもしれんぞ』

「どういうことだよ」

『動きがあからさまにおかしい。これ、異星人のＵＦＯかなんかじゃないのか』

満彦は笑いながら言っているので、冗談のつもりなんだろう。

『予測観測地点での発見の報告は、今のところないんだよ。で、その位置に至るであろう予測データを破棄して、まだ可能性のある筋で再計算している。だが、そうすると、もう出現地点があり得ない場所になっちまう。いくらなんでもダメだろって場所だ。つまり俺のシステムでは、今のデータ精度じゃ追いきれないってことだな』

絶望的な気がした。

「じゃ、お手上げかよ」

『まあ待て待て。世界の空をなめちゃいけねえ。第一報にはならなかったが、実はお前が観測する前にこいつを捉えてるって例がいくつか出てきた。なんせ、いて座だ。天の川のど真ん中だけに、意識してなきゃなかなか気づけるもんじゃない』

「なんだって？」

秀星は驚いた。だが、あり得ることだ。

ハンターでなければ、いちいち写野の整合などしない。偶然その辺りを写していて、たまたま捉えていたけど、発見には至らなかったケースは、充分考えられる。

『で、それらのデータを合わせて計算した結果なんだが』

「もったいぶるなよ」

『こいつ、もしかすると逆行小惑星かもしれねえぞ』

逆行小惑星とは、稀に発見されるもので、軌道傾斜角と呼ばれる数値が九十度を超える小惑星の総称だ。一九九九年に初めて観測され、現在でもその総数は百個に満たない。何より特徴的なのは、通常の天体が極方向から見て反時計回りに公転するのに対して、逆行小惑星は時計回りに公転することだ。

「まさか、ダモクレス族か？」

『そういうことだ。こいつはちと厄介だが、逆行小惑星の可能性を考慮して出した位置予測がここと、ここだ』

「こっちはともかく、こっちの予測ではあまり動いてない？」

『そうだ。ここからは想像だが、もしかすると見かけ上の移動がほとんどない位置で停滞したか、かなり稀有だが表面異常で著しく減光していた可能性がある。となれば、そこからもう三日だ。そろそろ動くなり増光するなりするぞ』

「わかった。そこを重点的に見てみよう。フォーラムにも投稿する」

『頑張れよ、シューティング・ザ・ムーン』

これは英語のスラングで、『ほとんど不可能なことを達成する』という意味だ。意訳すれば、グッド・ラック、幸運を、に近い。

電話を切った秀星は、すぐにフォーラムに観測依頼と、逆行小惑星の可能性を投稿した。

相変わらず謎の小惑星探しに大盛り上がりのフォーラムは、新しい予測位置に歓喜している。つくづく業の深い連中だと、秀星は苦笑いする。もちろん、自分も含めて。

小一時間もすると、現在夜の地域で該当星域を観測した人々から報告が上がってきた。

『こいつじゃないのか！』

『一時間ガイドしてみたら、わずかに線状に写ったやつがある！』

『なんてこった、こんな小惑星初めてだぜ！　ガハハハハ！』

コメントは、秀星と同時に満彦も確認しており、情報量は飛躍的に増えていった。

「すげえ……すげえな……世界の空がどんどん繋がっていく……じいちゃん、俺、いま世界の空でみんなと一緒に星を見てるぜ……」

何とも言えない感動が、胸の内にせり上がってくる。観測データはその後も矢継ぎ早に報告されて、その夜、日が沈んでから秀星自身も実際に確認した。

『おい秀星、お前のデータでとどめだ。二夜観測は成立で、暫定軌道要素も出たぜ』

そんな電話が満彦からかかってきたのは、その日の深夜、午前三時だった。

八月二十日、水曜日。那沙の誕生日まで、あと三日。

見舞いに行く前に、秀星は満彦のラボに寄った。

「よう、秀星。まずはおめでとうだ」

無精ひげを生やして、髪もぼさぼさの満彦が迎えてくれた。

「お前、風呂入ってんのか？」

「研究者にとって三日くらい風呂入らねえのは勲章だろ？　だいたい誰のせいだよ」

満彦はあれからずっとラボに泊まりっきりで対応してくれていた。

「おもしれえことがあると、寝るのももったいねえな」

満彦は、あくまでも自分のためだと言い張って協力してくれる。そういう奴だと知っているので、不器用な好意はありがたく受け取っておく。

「軌道要素の暫定数値とその中身、昨日、国立天文台に報告してからフォーラムに流したんだけど」

「おう、見てた見てた。国内外の大物も一緒になって大はしゃぎしてたな。しかもダモクレス族ってことと、失踪からの再発見、あと、『大切な人の名前を付けたい』ってので、祭りになってるな」

「秋田さんまで交じってるんだよな」

「いいじゃねえか。話はでかくなる方が注目度も上がる。で、命名権はどうなりそうだ」

そこが肝要だ。早々に命名権は欲しい。

だが、軌道要素確定が成ったとして、実際の命名に移行するには時間がかかる。

「まだなんとも。でも昨日秋田さんから電話があって、盛り上がってるうちにねじ込んでみるって言ってた。まあ、期待はするな、ともな。あと」

秀星は、もうひとつ秋田から伝えられたことを満彦に伝える。本当は那沙に最初に、と思ったが、この件は最初に信じてくれた満彦に贈ろうと決めた。

「ＮＧＣ２４７超新星の件、廣瀬の第一報破棄が決まったらしい。で、今後の再審査の結果いかんでは、俺が第一報になるかもって」

「そうか……！　やったな秀星。これで太陽さんも浮かばれるってもんだ」

「ああ、そうだな。でも……」

秀星は空を見上げた。視界にあるのはラボの白い天井だが、その先には地球上のどこから見上げても宇宙がある。

「できれば、じいちゃんの名前が残ってほしかったよ」

あと一日。その取り返しのつかないあと一日を、秀星はまた経験しなくてはならなくなるかもしれない。時間は刻一刻と過ぎていく。

鷲上秀星と琴坂那沙。このふたりが過ごした、最後の、そして、人生で最も長い三日間が、もうすぐ始まろうとしていた。

「あと三日かあ。長いなあ」

「調子は良さそうだな、那沙」

「もうばっちりだよ」

　誕生日を三日後に控えて、那沙は上機嫌だった。

　婚姻届は秀星が預かり、誕生日が土曜日ということもあって、日付変更と同時に深夜受付をしている窓口へ提出する予定だ。これで役所の開庁日でなくても、その日に結婚ということになる。

　那沙の顔色は透き通るように白い。主治医からは、もういつまでもつかわからない、とさえ言われていた。

　だが、那沙は少なくとも、見かけだけは死期が迫っていることを感じさせない。ただ、ずっと一緒にいる秀星には感じられる。彼女の生気が徐々に衰えているということを。

　今の那沙は、誕生日を迎えることだけが生きるためのモチベーションになっている。それくらい、もう差し迫っている。

　その証拠に、この二日、彼女は固形食を口にしていない。今や点滴によって命を繋いでいる状態だ。

「不思議だね。お腹(なか)は空(す)くけど、食べたいって思わないし、食べなくてもちゃんと生きてるよ。医学ってすごいね」

そんなことを言いながら、那沙は自分の死期を測っているようだった。

「ね、小惑星、見つかった？」

「あ、ああ、見つかったよ。大丈夫だ」

本当はいの一番に那沙に報告する話なのに、今日、病室の扉を開けた瞬間に、秀星の脳裏から小惑星のことは消し飛んでいた。それほどまでに、那沙が儚く見えた。

「世界中の天文家と、俺の悪友の協力のおかげで、ほぼ軌道要素は確定できた。あとは、認証されるかどうかだけだ」

小惑星の命名権に関しては、小惑星センターと呼ばれるスミソニアン天体物理観測所の運営機関を通じて、ＩＡＵ、国際天文学連合に承認される必要がある。

だが、その申請数は膨大であり、事務処理による停滞を余儀なくされる状況だ。

「そっか。時間、やっぱりかかるんだね」

秀星の説明を聞きながら、那沙は少し寂しそうな顔をする。

「秀星くんが名付けた後の小惑星、撮りたかったなあ。那沙が撮った那沙！　どう？」

「…………」

その時間がもう残されていないことを、誰よりも那沙が知っている。何か気の利いた言葉を返そうとして、秀星は言葉に詰まった。那沙の前で涙は流すまいと決めていたのに、ダメだった。

「うっ……ごめ……ごめん……」

それだけしか言えず、秀星はベッドの傍らに座って、苦い涙をこぼした。半身を起こした那沙は、何も言わずに秀星の頭を抱き寄せて、自分の胸に当てた。

「ね、秀星くん。聞いて。あたしの鼓動、覚えておいてね。あたしが生きるにしろ死ぬにしろ、この子はもうすぐ止まるの。そして、もう二度と動かない。愛しいよね。とっても愛しい。だから、秀星くんには、この音をしっかり覚えておいてほしいな……」

そっと秀星の頭を抱きしめながら、那沙は言った。

しばらく、ふたりだけの静かな時間が流れる。

那沙の心臓は頼りなく動いていた。素人の秀星でもわかるほどに、彼女の心臓は永遠の停止に向かっている。だが、とても暖かく癒される鼓動だ。

死に向かっているはずなのに、秀星には救いの鼓動に思えた。それは、那沙自身が秀星の救いになっていたからかもしれない。

きゅっと、那沙の細い腕に力がこもった。

「生きたいよ……もっと、秀星くんと星を見たいよ……一緒の時間、過ごしたいよ……怖い……怖いよ……」

はた、はた、と、那沙の涙が秀星の頭に落ちる。

ずっと本音を隠して明るく振る舞っていた那沙が、入院してから初めて弱音を吐いた。

今度は秀星が那沙をしっかり抱きとめる番だ。

ふたりは静かに泣いた。このまま、時間が永遠に止まればいいのにと思いながら。

この瞬間を、秀星は一生忘れることはなかった。

午後になって、那沙の容態は急変した。

本来なら鎮静させる時間だったが、那沙の拍動が急速に低下し、昏睡(こんすい)状態に陥った。

医師が慌ただしく処置をし、病室はさながら戦場のごとき様相を呈していた。

秀星も那沙の両親も、ただ状況を見守ることしかできない。

「那沙……！　那沙……！　ああ、せめてあと三日！　あなたの夢を叶えるまで……！」

雫の悲痛な叫びが、秀星の耳にこだまする。

娘への、母親の深い愛がひしひしと伝わってきた。

那沙は愛されている。本当の両親に心の底から愛されている。

ほんの一ヵ月半だが、そばにいてよくわかった。那沙の心は愛と優しさで満たされている。だからこそ、こんなにつらい人生において、他者にも愛を分けることができた。

「くそ……」

もはやどんな処置に対しても反応しない那沙の姿を見るに堪えなくて、秀星は廊下に出てベンチに腰掛けた。

現代医療は日々すさまじく進歩している。だが、それほどの技術をもってしても、死にゆくことを止められない命は確かにある。秀星はもう、那沙に何もしてやれない。自らの無力を呪うことしかできない。

そのときだった。

ピコ、と軽やかなサウンドで、スマホがＳＮＳへの着信を知らせた。

あの、作るだけにとどまった『命をつないでください！　心臓が必要です！』というアカウントへの着信だった。

画面を見ると『一件のメッセージがあります』とあった。

失意の中、秀星はそのメッセージを開いた。

『今日、家族の生命維持を止めました。本人は生前、臓器移植の意志を示しておりました。あなた様の大切な人に届くものかわかりかねますが、その方にも幸ありますようお祈りしております』

秀星は目を瞠った。

ただ、放置されたアカウントだ。何の発信もしておらず、誰とも繋がっていないはずの……。

そして今、この世界のどこかに、家族を看取り、メッセージをくれた人がいる。

このタイミングで、こんな偶然があるだろうか。秀星は、返事をするべきかどうか迷った。

メッセージの先に、おそらくは何人かの移植待機患者がいるだろう。しかし、心臓が届くのは、あまたの待機患者の中でひとりだけ。

「届いてくれ……！　那沙の新しい心臓……！　届け！」

ふり絞るような声で、祈る。褒められた祈りではない。それでも、秀星は祈る。血が出るほど拳を握り、喉が枯れるまで叫んだっていい。

届け！　届け！　ただ、そう念じていた。

病院のスタッフが数名、慌ただしく那沙の病室に駆け込んで行った。何かあったのかと秀星も続いた。すると──

「先生！　ドナーが！　ドナー心が来ます！　すぐに緊急手術対応です！」

「なに！」

主治医も驚きを隠せないようだった。

そして、秀星と那沙の両親も。

「心臓が……来る……」

「ああ……ああ……神様……！」

奇跡が起こった。

あの投稿は思いとどまったし、つぶやきは、心の中にしまっている。それでも、秀星の祈りは那沙の命に働きかけることができたのかもしれない。

あのアカウントが誰かの背中を押した。そう信じたかった。

しかし、奇跡の女神は簡単には微笑んでくれない。

「全身状態が悪い……あと、あと二日早ければ……」

「先生！　那沙は……無理なのですか？　手術は……」

「いや……ここまで来たなら、やるしかありません。本来であればここまで全身状態が悪いなら適応外となり、第二候補に回すべき症例かもしれませんが……」

主治医も、何かの決断を迫られているようだ。

「彼女の状態は、移植コーディネーターにはまだ知らされていません。彼女の登録状況はまだ『移植可能』で『優先順位最高位』なのです。やりましょう！」

本来ならば冷静な判断のもとに、ときに非情と思われても、移植を中止すべきところだろう。

だが、主治医はそれをしなかった。那沙は、人の心をどうしようもなく動かしてしまう少女だ。

「ドナー心はいつ届く！」

「ヘリで空輸中です。摘出は終了していますので、一時間以内には！」

「よし、人工心肺でもたせる！　届けば二時間でつないでやる！　タイムトライアルだ！　急げ！　……え、なに！」

慌ただしく指示を出していた主治医が、とつぜん驚愕の叫びをあげた。

見ると、昏睡状態だったはずの那沙が目を開け、主治医の白衣の裾を引っ張っていた。

「秀星くん、を」

突如意識を取り戻した那沙は、秀星を呼んでいた。主治医に促され、秀星は急いで瀕死の那沙に駆け寄る。

「いって、きます。まってて、ね」

「ああ！　待ってる！　必ず帰って来い！　もうすぐ、もうすぐお前は俺の大切な伴侶になるんだろ！　待ってるからな！」

「うん」

短く答えて、那沙は再び意識を失った。

物々しい機材に囲まれながら、手術室へと運ばれていく。

「これが最期の言葉なんて、俺は絶対許さねえからな！　那沙！」

全てのピースは揃った。あとは、医師の手に委ねるしかない。

緊急手術の準備と同時に、家族への説明も行われた。

「移植が成功しても、那沙さんの命が助かるかどうか、五分五分です」

医師はそう告げて、深々と一礼してから自らの戦場へと向かった。残された者の戦場は、ただ、待つだけというつらい待合室になった。


ヘリの音が聞こえる。高度医療を行う大病院は屋上がヘリポートになっており、移植用臓器や緊急処置患者などのドクターヘリによる救急搬送に対応している。

心臓が届いたらしい。

秀星はスマホをぎゅっと握りしめ、何度も何度もあのメッセージを読み返した。

そして、返信しようと決めた。

『今、心臓が届きました』

そのひと言だけを、やっとの思いで打ち込んだ。既読が付いたが、それっきり相手からの返信はなかった。

手術室手前のソファに座っていると、目の前をクーラーボックスを載せた台車が走って行った。

「あれが、新しい那沙の……」

現場は常に生々しい。知識やドキュメンタリー番組で知るものとは明らかに違う、命のやり取りの真剣勝負が肌で感じられた。

手術中のランプが灯る。中で何が行われるのか、頭ではわかる。

小さな那沙の身体が大きく切り開かれ、心臓を交換するという、素人から見れば恐ろしいような手術が始まった。

ついさっきまで秀星が胸に抱かれて聞いていた那沙のあの心臓は、もう鼓動を止めただろう。そして、永遠にそれを再開することなく、医療廃棄物として処分される。

なぜか胸が締め付けられた。

あの優しい鼓動は二度と聞けない。心をハートと言うように、心臓もハートと呼ぶ。古来人間は心臓の鼓動にこそ心を感じて生きてきたのかもしれない。

そして、新たな鼓動が那沙の優しい心にマッチしてほしい、と秀星は真剣に祈った。

手術が始まって二時間が経過した。心臓移植はスピード勝負だ。人工心肺による生命維持には限界があるからだ。

待っている者には沈黙の時間だけが過ぎて行く。

秀星のスマホが、そんな時間を打ち破るように突然鳴り響いた。

「あ、す、すみません……！」

すぐに着信音を消して、会話できる別の場所へ移動して電話を取る。秋田老人からだ。

『おう、秀星くん。朗報じゃ。例のフォーラムからのものすごい陳情数でなあ、スミソニアンとIAUが動きよった。例の小惑星には、二〇二XOB3の仮符号が与えられた後、小惑星番号 345600 が振られ、即時命名権が鷲上秀星に与えられる、と一報をもらったのじゃ』

「……ほんとですか！」

『ウソを言ってどうする。いやまあ、西洋の連中はああいうのに弱いんじゃよ。盛り上がりまくって、ひとつの力になったようじゃの。じゃが、特例中の特例でな。即時とはいえ、手続きに数日はかかる。……で、君の大切な人はどうなのじゃ？』

「今、生死の境をさまよっています。心臓移植の最中です」

『なんと……そうか……』

さすがの秋田も言葉を失う。だが、少しの沈黙の後、決定的な問いを投げかける。

秀星が願ってやまなかった、その問いを。

『では、聞こうか。君の小惑星の名を。わしが全権代理を担ってきた。太陽とも君とも縁のあるわしじゃ。この物語の結末を聞く資格も、あるじゃろうて』

ずっと、聞きたかった問いだ。そして秋田は、回答を持っている。

だが、秀星は通話口でしばらく声を出せなかった。

出せば、押さえていた感情が全部吹きだすのがわかっていたからだ。

「那沙……」

数拍の沈黙ののち、秀星はぽつりと言った。

『うん？』

「那沙、で、お願いします。鷲上那沙で……！　俺は、星になりたかった彼女を、星にします！　それしか、俺にはできないんです……」

『鷲上……？』

通話の向こう側で、秋田が息を呑むのがわかった。

『そうか……そういうことじゃな……！　わかった秀星くん。あらゆる力を使って、ハンターたちが繋いだ世界の空を使って、可能な限り早く反映させよう。権力や影響力というのは、こういう時にこそ使うものじゃ。それが、君と彼女への贈り物じゃな。そうじゃろう？』

「はい……！　はい……！」

――間に合ったのか？

秀星は電話が切れた後も放心状態で立ち尽くしていた。

那沙を星にする。それが実現するんだという実感が来るまで、しばらくかかった。

放心している間に、手術中のランプが消えた。

手術は終わった。しかし……と医師は重い口調で状況を告げた。

奇跡はそう簡単には手に入らない。

秀星は、運命の女神に呪いの言葉を吐くしかなかった。

八月二十一日、木曜日。

那沙は集中治療室で眠っていた。というよりも、意識がまだ戻らない。

主治医は術後、家族と秀星を別室に呼んで説明してくれた。

「手術は成功です。心臓も動いています。今のところ拒否反応もありません。ですが、拍動は弱く、ＩＣＵ搬入後二時間経過しても、意識はまだ戻っておりません」

大手術の後は、麻酔が切れてもしばらくは意識が戻らないことはあるらしいが、那沙の場合は術前の状態が良くなかったこともあり、細心の注意を払った術後管理体制が必要になっていた。

「せめて意識が戻れば、当面の危機を脱したと言えるのですが」

心臓移植という術式自体は、もはやポピュラーなものとなり、きちんとした研修を受けた医師ならば、大きく失敗するものではなくなっている。

あとは、祈りの時間だ。

小惑星は見つかった。命名権もほぼ確定し、手続きの終了まで数日待てば、小惑星『鷲上那沙』が誕生する。

けれども、それを那沙が知ることはできるのだろうか。

ここまで来た。心臓も移植した。これからの那沙の人生は、幸せに包まれるべきではないのか。秀星はそう思う。

山場は超えたということで、秀星は帰宅を促された。

小惑星認定の祝いのメッセージは、昨日からたくさん届いている。しかし、那沙が目覚めなければ、その嬉しさを実感することもできない。

秀星は何の気なしに、スマホから小惑星捜索のスレッドを覗いた。

掲示板には祝福の他に、那沙を心配する書き込みもたくさんあり、世界中のハンターたちがこの物語の結末に注目しているのがわかった。


『ヘイ! Syusei! 大事な彼女はどうなったんだ! 俺たちはそこが気になるんだ!』

『小惑星の発見、おめでとう。なかなかエキサイティングなスレッドだった。で、お前の恋人は無事なのか?』

『なんてことのないちっぽけな小惑星だけど、命名が発表されたら、俺は一生忘れねえだろうな、この騒ぎだからな。彼女と幸せになれよ』

外国人ならではのストレートな祝福、そして、那沙の容態を気にするコメントが並んでいた。

「世界の空は、まだ繋がってるんだな。いや、これからずっと、那沙は……」

一連の騒動は、小惑星捜索の界隈に、ひとつの事件として記憶されるだろう。

全人類の数からすれば微々たる人の記憶にだが、『鷲上那沙』という名は残る。

これを、那沙に知らせたい。

帰るわけにはいかなかった。那沙が目を覚まし、もう一度、言葉を交わすまで。

秀星はＩＣＵの待合室で過ごすことを決めた。医師にも雫たちにもその旨を伝えた。彼女のベッドの傍らに入れるようになれば、知らせてほしい、と。

今は何もできない。しかし、強い想いは奇跡を呼ぶ、と秀星自身が体験している。

保証も確約もない、科学的な根拠もない。

ただ、宇宙に向き合う者は知っている。

宇宙には、人間が紡いできた科学などというものをあざ笑う不思議が充満していることを。人類の英知をもってしても説明できないことが、たくさんあることを。

だったら、想いの力だってあるかもしれない。

「宇宙は繋がってるんだ、那沙。俺たちは繋がっている。生きろ！」

時間の感覚は無になっていた。

秀星はただ、ガラス越しに見える那沙に向かって祈りを捧げる。

神でも悪魔でも構わない。那沙ともう一度、話がしたい。

小惑星も横取り事件も、何もかもが光の中に消えて、ただ、那沙の笑顔だけが、
秀星の心を埋め尽くした。

そして、ついにそのときが、来た。

八月二十二日、金曜日。

深夜。日付変更をあと一時間ほどに控えた頃、那沙の意識が戻った、と告げられた。待合室で半ば廃人状態になっていた秀星は、瞬時に覚醒した。

短い時間なら中に入ってもいい、元気づけてやって欲しい、と言われたので、秀星は慌てて看護師の後についていった。

一時帰宅した雫たちにも連絡は行ったようだが、ちょうどここには秀星しかいなかった。実の親を差し置いての一番乗りだ。とはいえ、明日には秀星も那沙の家族になる。

「那沙、俺だ、わかるか？」

病床には、たくさんの管や機械に繋がれた那沙が、横たわっていた。

「わかる、よ」

うっすらと目を開けて、返事をした。

それだけで、秀星の目から涙が溢れた。涙腺が決壊したかのように、秀星は泣いた。

「あたし……帰ってきたよ」

「うん、うん……」

那沙の声にはまだ力がない。身体も動かせない。

「明日、那沙の誕生日だよ」

秀星はそれを真っ先に伝えた。

「そっか、よかった、結婚できそう、だね」

那沙が微笑む。とても、幸せそうに。

「ああ、もちろんだ」

深呼吸をし、那沙はすっきりとした顔で目を瞑(つむ)った。秀星は一瞬ぎょっとしたが、すぐに目蓋が上がり、那沙は慈しむように秀星を見つめる。

「……あたしね」

小さくか細い声が、秀星の聴覚を優しくなでる。

「夢を、見てたの」

「夢？」

「うん」

那沙は視線を天井に移した。そしてまた、あの遠い目をする。

「秀星くんと結婚して、たくさんの家族がいて、幸せいっぱいで」

深夜のＩＣＵは静かだ。

那沙の心臓の動きを示す心電図の電子音が、規則的に響いている。

「でね、おかしいんだよ。秀星くんが見つけた小惑星にね、探査機が行くんだ」

「へえ」

那沙の夢の話を聞きながらも、秀星の涙は止まらない。嬉しい涙なのだろうか。

秀星にもわからない。

「その探査機、あたしが作ったらしいんだよ。へへ、凄いでしょ」

「ああ、凄いな。那沙なら、やってしまいそうだ」

「そうかな」

那沙は小さく笑った。それは今にも光の中に消えてしまいそうな、儚く、美しい笑顔。触れれば消えてしまいそうなほど、近くて遠い。秀星はその笑みに癒され、何より愛おしいと思う。

「ねえ、小惑星どうなった、の？」

「第一発見確定だよ。命名権ももらった。もうすぐ、もうすぐだ。小惑星『鷲上那沙』が生まれるんだよ。そうだ、これ、見えるか？」

秀星は那沙に小惑星捜索スレッドの掲示板を見せる。

そこには今も続々と、秀星と那沙に対するエールと祝福が書き込まれている。

「あはは、英語読めないよ。でも、ＮＡＳＡとＳＹＵＳＥＩがいっぱいだね」

世界中が繋がっている。それを那沙にも教えたかった。

「俺と那沙の宇宙は、世界と繋がったんだ。命名も、もうすぐできる。秋田さんをはじめとした世界中の仲間が力を貸してくれたから」

「そう、なんだ。よかった。ありがと、秀星くん。あたし、星になれるんだ」

「ああ、ああ、なれる。だから」

これからも一緒に星を見るんだ、という言葉は、けたたましいアラームにかき消された。

「ね、ねえ、しゅう、せいくん……」

医師が駆けつける足音が聞こえる。

「な、那沙！　しっかりしろ！」

「すごく、眠いよ……ねえ、次に起きたら、誕生日、だよね。そのときは、誓いの、キス、しようね……約束は、多い方がいい、から」

「ああ、ああ」

秀星は、那沙の細い指を握った。とめどもなく涙があふれる。

「那沙、さっきの夢も叶えよう。約束は多い方がいいんだろ！　俺は……！」

長い、長い、アラーム音が鳴る。

八月二十三日〇時〇五分（ＪＳＴ）／八月二十二日十五時〇五分（ＵＴＣ）

鷲上那沙は、星になった。

それから……

『間もなく、探査衛星PROMISEが、小惑星にタッチしようとしています！』

その日は、世界中が沸いていた。

NASAとJAXAの共同プロジェクトにより、小惑星／彗星『WASHIGAMI NASA』に探査機が送り込まれ、そのタッチダウンが世界同時生中継される日だ。

かつて逆行小惑星として発見されたこの星は、後に何度かの軌道要素の変遷があり、彗星としての挙動を示した。

なおかつ今年、八月十六日に、地球の近傍わずか四十五万キロという至近距離を通過することが、いまや天体軌道計算の世界的権威となった日向満彦の計算によって事前に示されたため、今回のターゲットとなった。

一・五光秒という天文学的には地球の超至近距離を通ることで、小惑星でもあり彗星でもある天体への世界初のタッチダウン生中継が実現したのである。

既に彗星としての活動を終えているものの、小惑星から彗星へ挙動を変えた天体に対しての、探索の生中継の結果には、大きな期待が寄せられている。

鷲上秀星は、ウッドデッキの寝椅子で夜空を仰ぎながら、中継番組を見ていた。

老境を迎えた秀星は、ただ星を眺める。それはまるで夢心地の気分になるからだ。

これまで多くの小惑星を発見し、新彗星や、太陽系外の惑星すら発見した。

天文学者としての人生は、大いに満たされていたといってよかった。

そして、それらの最初のひとつ、すべての人生の契機ともなった小惑星『WASHIGAMINASA』は、奇しくも彗星としても正式登録され、現在も宇宙を駆け巡っている。それは、もうすでに裸眼で見えるようなものではない。だが、確かに一世を風靡し、天空にひときわ明るく輝き、美しい尾をたなびかせて世界中の人々の視線をくぎ付けにした。そして、今はただ静かに、眼前に広がっている、宇宙に直接繋がっているこの空の中にいる。

今まさに、夢の結晶ともいうべき探査機が、その星へ到着しようとしている。

『約束は、多い方がいいんだよ』

そう言い続けた那沙は、いつも約束を守った。彼女の『約束』は、これほどまでに長い時間を経ても、世界を沸かせている。

『名前は大事だよ』

那沙は生涯、夫のことを『秀星くん』と呼び続けた。

テレビでは、探査機と『WASHIGAMINASA』とのランデブーの様子が中継されている。

——見てるの？　という朗らかな声が脳裏に響く。

そうさ、見てるんだよ。君の夢の成果をね、と夢心地で秀星は答える。

——もう時間だよ。さあ、おいでよ秀星くん。

そうだね、と、秀星は身を起こした。

パタパタパタ、とスリッパがデッキの上を歩いてくる音がした。

「おじいちゃん、ご飯だよ」

子供の声がする。

「これ、秀星おじいちゃんって呼びなさい」

「秀星おじいちゃん、寝てるよー」

心も命も受け継がれる。それは那沙が示し、秀星が守ったものだ。

——もう眠い？　秀星くん。

遠くの方で、とても心地よい声がする。

愛しい妻の囁きに身を任せ、秀星は静かに心を解き放つ。

——おやすみ、大好きだよ。待つ時間も、楽しかったよ、と優しい声が、秀星を抱きとめた。

空は世界中で繋がっている。

たった一点のビッグバンから始まった宇宙は、すべての生命に繋がっている。だから、どんな奇跡が起こっても、不思議なことなどひとつもない。

空は、どこまでも果てしない宇宙の向こうへ、繋がっている。

全ての人、全ての生き物が見上げる空は、全部繋がっている。

生命は宇宙で、きっと繋がる。

そして、誰もがやがて宇宙へ、還（かえ）る。

星合の逢瀬を生きたふたりの星は、この宇宙を少し照らしただけかもしれない。
けれどもそれは、きっと素晴らしい輝きだったに違いなかった。

あとがき　――追想――

生命（いのち）はどこへ行くのだろう。

私が幼稚園の頃に感じた疑問です。よく親に質問して困らせていたらしく、その記憶だけは残っているのも不思議な気持ちです。

この作品で描いたもの。読んだ人によって様々な捉え方があったと思いますが、ふと、自分の人生に照らし合わせて何か感じてもらえたなら幸せです。

若い人が読んだ時、何を思ってくれるだろうか。

年配の方が読んだ時、何を思ってくれるだろうか。

出来上がって読み直したとき、そんなことを考えたのを思い出します。

私事ではありますが、私は音楽をします。あまりメジャーではない、英国式ブラスバンドという金管楽器と打楽器で構成されるバンドです。

日本にはまだ有力な指導者も少なく、バンドのレベルも本場に比べるとまだまだです。

だから、日本からそこで通用するバンドを作りたい、と、ちょうど『星になりたかった君と』を書いている頃にそんな構想を練っていました。

そこにある想いは『魂の継承』です。

音楽家はすぐに育ちません。まして、音楽大学でも教えてくれないこのジャンルの音楽は、プロアマ含めて専門家が少ない状態です。そして私は数少ないその専門家でした。

だから、私の生きているうちに、その魂を継承する人材を育てよう、と立ち上げたのです。

生命はどこへ行くのだろう。

幼いころから抱いていたその答えが、ここにあったような気がしました。

巨人の肩に乗って、という言葉をご存じでしょうか。

先人の偉業に触れ、その成果の上にさらに新たな成果を重ねていく、というような意味です。

文化、技術、科学、その他さまざまなものは、人が生きて、そして死んでいく中で、魂を継承する人たちが紡いできたものです。まさに先人の偉業から、新たな偉業を生み出し、我々はその偉業の肩に乗って、また偉業を重ねていきます。

そうして人類は発展してきました。

どう生き、どう死ぬか。

死の瞬間を選ぶことは、通常はできません。でも、生き方は自分で選べます。

だからこそ、生きるということを考える作品を書きたいと思っていますし、この文庫、GROWは、成長という意味を持ちます。

齢を重ねるだけが成長ではないでしょう。人としての成長とはなにか。ひいては、人類としての成長とは何か。そんなことを想いながら、私は作品を綴ります。

生命はどこへ行くのだろう。

那沙の生命も、秀星の生命も、さらには作者である私の生命も、いつかはこの地上から消えるのですが、想いを遺すことはできるはず。

那沙は何を遺したのか。秀星は何を遺したのか。

彼らの人生は、どんなものだったのか。

そんなところに創造の翼を羽ばたかせていただければ、そして、そこから皆様の人生に一粒の希望やエネルギーが生まれれば。

作家としてこれほどの栄誉はないと思っています。

すでに単行本で刊行され、今回は文庫化となります。文庫で初めて手に取ってくださる方、単行本から引き続き買ってくださる方、いろいろいらっしゃるかと思いますが、その皆様の生命に輝きがあらんことを、と祈っています。

生命はどこから来るのだろう。

私は、いつもそれを考えています。

だからこそ、生命はどこへ行くのだろう、という答えを求めるのかもしれません。

もし、あなたが何かを遺したいなら、その魂を継承させる生き方をしてほしい。

もし、あなたに引き継ぎたい想いがあるのなら、その人が生きている間にすべての教えを説いてもらいましょう。

宇宙の壮大な時間の中の、秀星と那沙の刹那の物語。

それは、あなた自身の人生の刹那でもあるのです。

皆様の生命の行先に、輝かしい想いの継承がありますことを祈って。

令和四年某日　遊歩新夢

『星になりたかった君と』単行本　二〇二〇年十二月　実業之日本社刊

本作品は、第1回 令和小説大賞にて、大賞を受賞しました。
また、本作品はフィクションです。
実在の個人、団体とは一切関係ありません。

（編集部）

実業之日本社文庫　最新刊

赤川次郎
花嫁は三度ベルを鳴らす
東欧を旅行中だった靖代は、体調を崩して亡くなってしまう。異国の地だったが埋葬されることに。その地には奇妙な風習があり――。大人気シリーズ第33弾。
あ1 23

倉阪鬼一郎
開運わん市　新・人情料理わん屋
わん屋の常連たちは、新年に相応しい縁起物を揃えて開運市を開くことに。その最中、同様に縁起物を売る旅籠の噂を聞き覗いてみると……。江戸人情物語。
く4 11

沢里裕二
処女刑事　琉球リベンジャー
日本初の女性総理・中林美香の特命を帯び、真木洋子は沖縄へ飛ぶ。捜査を進めると、半グレ集団、大手広告代理店の影が。大人気シリーズ、堂々の再始動！
さ3 16

貫井徳郎
プリズム
小学校の女性教師が自宅で死体となって発見された。しかし、犯人は捕まらない。誰が犯人なのか。本格ミステリの極北、衝撃の問題作！（解説・千街晶之）
ぬ1 2

南 英男
毒蜜　決定版
女以外は無敵の始末屋が真の悪党をぶっ潰す――裏社会専門の始末屋として数々の揉め事を解決してきた多門剛に危険な罠が…!?　ベストセラーシリーズ決定版。
み7 24

遊歩新夢
星になりたかった君と
第1回令和小説大賞受賞作、待望の文庫化！　永遠を誓う青年と少女…若者たちの命を懸けたピュアラブストーリー。今世紀最高の純愛に誰もがきっと涙する！
ゆ3 2

吉村達也
鬼死骸村の殺人
ふたつの焼死事件は、鬼の呪いか……!?　岩手県にかつて実在した地名「鬼死骸」をめぐる怪しい謎に、推理作家・朝比奈耕作が挑む。戦慄の長編ミステリー！
よ1 12

吉田雄亮
北町奉行所前腰掛け茶屋　夕影草
旗本に借金を棒引きにしろと脅されている呉服問屋の相談を受け、元奉行所与力の弥兵衛が調べを始めるが、探索仲間の啓太郎と呉服問屋にはある因縁が……。
よ5 10

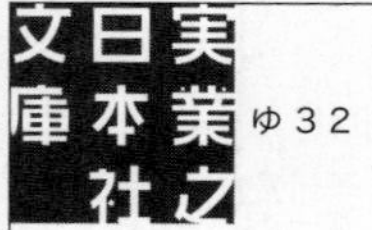

ゆ32

星になりたかった君と

2022年6月15日　初版第1刷発行

著　者　遊歩新夢

発行者　岩野裕一
発行所　株式会社実業之日本社
〒107-0062　東京都港区南青山5-4-30
emergence aoyama complex 2F
電話［編集］03(6809)0473［販売］03(6809)0495
ホームページ　https://www.j-n.co.jp/
ＤＴＰ　ラッシュ
印刷所　大日本印刷株式会社
製本所　大日本印刷株式会社

フォーマットデザイン　鈴木正道（Suzuki Design）

ISBN978-4-408-55735-9（第二文芸）